U0152927

我的出走日記

2

前言

- 本書在尊重朴海英編劇的劇本寫作形式的前提下,根據原劇本進行編輯。

- 考慮到戲劇台詞的口語形式,為了呈現劇中語感,即使與現有韓文拼寫規則有所出入,仍保留這樣的表達方式。

- 逗號、句號等標點符號與台詞換行方式亦遵循作者的方法。

My
Liberation
Notes

我的出走日記

2

朴海英 劇本書

莫莉、郭宸瑋、黃寶嬋／譯

用語列表

INS.（insert）	連續畫面之間插入的畫面。
#（scene）	場景。同一場所、同一時間內發生的連續行為或是台詞所構成的場景。
E（effect）	效果音。畫面之外響起的聲音或台詞。
F（filter）	電話另一頭的話聲或內心獨白。
OL（overlap）	前一個畫面與後一個畫面重疊的場景轉換手法，或是一個人的台詞結束之前，銜接另一個人的台詞。
切入（畫面跳轉）	從一個場景過渡到另一個場景。
蒙太奇（montage）	將多個場景組合再一起，並在短時間內呈現出來的剪輯手法。

目錄

人物關係圖

廉濟浩
三姊弟之父

郭慧淑
三姊弟之母

鄰居朋友

美貞公司

吳斗煥
咖啡廳店長

廉昌熙
老二｜便利商店總公司代理

廉美貞
老么｜卡片公司約聘人員

朴向旻
戰略企劃部部長

池賢雅
自由的靈魂

蘇香琪
幸福支援中心組長

石政勳
小學老師

具先生
外地人

廉琦貞
老大｜市調公司組長

曹泰勳
營運法務部科長

同窗

三姊弟

父女

姊妹

曹熙善
曹泰勳大姊

曹景善
曹泰勳二姊

曹宥林
曹泰勳之女

5

「我有錢了。你有想吃的東西嗎?我是具先生。」

1　田地（白天）

美貞的帽子被風吹走，越過了河川。

說完「你待在這裡」就站起來的具先生。

看著前方的河川，具先生開始奔跑，以跳遠的方式越過河川。

全家人都看得目瞪口呆。

四周颳起了風。

具先生撿起帽子拿在手中，再次往這邊一跳，落地時滑了一跤。

一臉呆滯的慧淑感到一陣心驚肉跳。

慧淑　簡直令人起雞皮疙瘩，我怎麼全身都起雞皮疙瘩了呀！

濟浩看著具先生，眼神中充滿驚訝，

具先生拍了拍帽子，走過來，將帽子遞給距離比較近的昌熙。

昌熙再遞給美貞。

美貞抓著那頂帽子。

大家都呆愣地看著具先生，

具先生不知是否有些難為情，若無其事地開始工作。

濟浩也有意起身工作。美貞戴起帽子，進入工作模式。

昌熙雙眼炯炯有神，心不在焉地開始工作。

昌熙　哥，你不是普通人吧？是吧？哥，你是前國手吧？（看著
　　　具先生，動了動）不是，哥，你這樣的人為什麼會在這

裡拔蘿蔔啊？

具先生沉默不語，專注在農事上。美貞雖然沒有看具先生，但心裡非常在意他。

2　　村莊一隅（白天）

下工後，全家人各自散開，踏上回家路途的背影。

慧淑拿起休息時間吃完的飯碗，由於還要準備晚餐，急匆匆地走在前面。美貞走在後面，滿臉通紅，回頭假裝在看遠方，實則看了具先生一眼。

濟浩邊走邊翻找樹叢，尋找成熟的南瓜，找到後摘下。

昌熙一臉悲壯地站在具先生跑步的起點，然後，像是要模仿具先生一樣全速衝刺，一踏到河川前面，作勢要跳起來，但卻只是在原地彈跳了一下。他站在原地望著河川，轉身起跑以跟上具先生。濟浩提著兩顆在路邊摘下的南瓜，從草叢裡爬出來，把其餘的南瓜一併拿走。

昌熙兩手拿著南瓜跑起來，像小狗一樣跟在具先生後面。

具先生轉身往家的方向走。

昌熙　　洗完澡再過來吧。

昌熙兩手拿著南瓜，像是在做空氣體操，擺出奇怪的動作，心

情不可思議地好。

3 具先生家門口（白天）

具先生坐下來，慢慢脫掉運動鞋，接著脫掉襪子，小心翼翼地
解開纏在腳上的紗布。
像是在風乾一樣，濟浩拿著南瓜經過。

濟浩 快去洗一洗再過來吧。

具先生蜷縮著雙腿，彷彿這就是他的回答。
濟浩走遠之後，他才將雙腳伸展開來，靜靜地休息。

4 家·庭院（白天）

廉家人和具先生一起在平床上吃晚餐。安靜吃飯的一家人。濟
浩替具先生的酒杯斟滿燒酒，具先生誠心誠意地接受。慧淑一
邊吃飯一邊悄悄瞄了一眼某人。琦貞頭上戴著寬簷帽，眼睛下
面的瘀青變得更藍了。

慧淑 吃飯戴什麼帽子……
琦貞 我的眼睛不能照到陽光啦……

慧淑　　好端端的眼睛……竟然花錢讓眼睛變醜……

　　　　吃飯的過程中，慧淑把目光投向具先生已經見底的黃瓜涼湯湯碗。她向美貞伸手示意，美貞便拿起具先生的湯碗遞給慧淑。慧淑把黃瓜涼湯盛好，再交給美貞。美貞將湯碗重新放回具先生的位子。這段期間，昌熙看著手機。

昌熙　　天啊……姓具的體育選手竟然有這麼多。你有打算公開姓名嗎？

具先生　（不理睬，繼續吃飯）

昌熙　　（一邊喊出每個搜尋到的姓名，一邊觀察具先生的表情）具珍碩、具子允。

具先生　……

昌熙　　繼續找下去，一定可以找到你的真名。（再次）具子敬。

慧淑　　趕快吃你的飯。

昌熙　　具昌模。（驚）具昌模？（驚）我居然認識具昌模。應該要裝作不認識才對。我不知道，我不知道。（再次喊出其他名字）具允匯。

　　　　慧淑斜眼瞪了眼昌熙。具先生事不關己地吃飯，美貞也安靜地吃飯。

5　村莊一隅（白天）

具先生往自家的方向走，昌熙喋喋不休地追上。

昌熙　哥，你真的很適合田徑運動。通常那些想要獨自挑戰極限的人都會有孤獨的一面嘛。你主要是跑幾公尺的？八百公尺？

具先生一臉疲憊似地回頭看。

具先生　回去休息吧。

昌熙　是。

具先生　我無可奉告。（所以才會這樣）也沒有想聽的話。

昌熙　是。

昌熙依然用崇拜的眼神看著具先生，似乎感到有些遺憾，一邊回頭一邊走開。斗煥的摩托車從遠處駛來，後面還坐著政勳，帶著一個行李袋。他們沒有停在咖啡廳，而是一路騎過來。

昌熙　你們要去哪裡？

斗煥　去你家啊。

摩托車從昌熙身邊駛過，昌熙也往家裡走。

6　家・庭院（白天）

美貞和琦貞將餐桌及各種雜物拿進屋裡，昌熙及斗煥則搬起平床移動，慧淑收下政勳交付的行李袋。

慧淑　我們之間幹嘛這麼見外啊，真是不好意思。宴會辦得怎樣了？

政勳　喔，大家都酒足飯飽後才走的。

慧淑　哎呀，你媽媽肯定收拾了很久。

政勳　大家一起收拾完才離開的。（向著牆壁那邊）

慧淑　等你們走了，還有很多東西要收拾的。（進屋）

7　家・牆下（白天）

昌熙和斗煥把平床靠在家旁邊的牆壁上，琦貞（姊妹房間那邊）透過窗戶看到。

琦貞　為什麼又把平床搬過來？吵死人了。

斗煥　（小聲）你爸爸還在，怎麼能在庭院裡喝酒？（語畢，看見琦貞的臉後嚇了一跳）你的臉怎麼啦？

琦貞　施工中啦。（回到房裡）

8　家·客廳和廚房+家·牆壁旁的平床（白天）

#廚房。昌熙把酒瓶與杯子之類的物品整理好，放到托盤上。美貞將餐桌上的行李袋打開，拿出裡面的宴會食物，放上托盤。慧淑收拾廚房，琦貞在廚房進進出出，吃著宴席的食物。

#平床。昌熙拿著托盤走出來。

斗煥　（大聲）姐姐出來吧！

#廚房。

琦貞　（大聲）我要讓瘀青消掉，現在不能喝酒。

#平床。

斗煥　（小聲）你對她的眼睛做了什麼啊？

昌熙　不是我啦。

政勳　眼睛怎麼了？發生什麼事？

9　具先生家（白天）

具先生懶散無力地躺在沙發上。雖然視線停留在電視上，眼皮卻越來越重，電視的聲音逐漸模糊遠去，眼睛緩緩閉上，非常

舒適的感覺……

10　村莊外景（晚上）

蟋蟀鳴叫，安靜的仲夏夜。

11　房・牆下（晚上）

一處角落點著蚊香。昌熙、斗煥與政勳都醉得厲害。

昌熙　他突然就開始奔跑……那個瞬間我就知道了，我有一種
　　　預感，他要跳過那條河，結果真的跳過去了……嘩啦啦
　　　……像紙片一樣飛過去……

政勳　只要有練習的話，誰都跳得過去啦。

昌熙　你行嗎？

政勳　當然可以！

昌熙　真好笑。

政勳　我跳過去的話，你要給我多少錢？

昌熙　一個禮拜內成功的話，我就給五十萬韓元。

政勳　一個禮拜哪夠啊？

昌熙　那一個月內成功的話……三十萬韓元。

政勳　（噗哧一聲，像是在迴避，喝著酒）

昌熙　你一定跳不了的啦。今天天氣真的有夠熱，我還以為頭皮要脫落了。人類廉昌熙差點拔蘿蔔拔到沒命，分不清楚蘿蔔是什麼、我又是什麼、太陽是什麼……精神恍惚得不行，但一看到具先生跳過去的瞬間，我的精神都回來了……哈……我要是有那種能力，肯定馬上昭告天下，他卻能藏一年……懂得隱藏自己帥氣的男人，才是真正帥氣的男人。我就知道，具先生絕對有一手，從他的臉就能看出來了。

斗煥　那是怎樣的臉？

昌熙　就是有那樣的臉啊。你的臉跟我的臉，只透露出「極其平凡，所見即全部」。

斗煥　喂。

昌熙　（OL）喂，我們還比較好，有的人一副很厲害的樣子，其實只是虛有其表，那樣更讓人幻滅。我們不會讓人幻滅，只要看到我們，就立刻不抱希望了。（政勳）你看他這傢伙，知道吧？只要參加同學聚會，看到不認識的女孩子就會開始裝模作樣，突然變得惜字如金。他一裝模作樣，看起來就很有一回事，所以女人都會跟著他跑。但是只要見過幾次面，大家就都不想靠近他了，所有人都會躲著他。

政勳　喂，才不是那樣。

昌熙　最好不是啦，臭小子，你那樣也是一種病。跟人第一次見面的時候，應該要讓對方把期待放到最低，假裝自己一無所有，然後再一點一點地展現優點，接著再表現出

「啊，被你發現了啊？啊，原來是這樣，這就是我的魅力啊，連我自己都不知道」。但你這傢伙就喜歡裝模作樣、虛張聲勢。

政勳　不然要怎麼辦？

昌熙　我叫你假裝一無所有啦，你這傢伙！

政勳　（開玩笑）我本來就一無所有啊！

昌／斗　……／（呵呵呵）

政勳　我就是個普通人嘛！

昌熙　……你認真找的話，一定會有……叫女人幫你找找看，她們很會想辦法。

斗煥　（大聲）美貞啊！在減肥嗎？（為什麼不喝酒？）

12　家‧客廳和廚房＋牆壁（晚上）

坐在餐桌旁用手抓宴會食物來吃的美貞。

美貞　（稍微大聲）嗯。

斗煥　好，那就努力減肥吧，大家都要變漂亮啊。

美貞默默看向具先生家，具先生不在家門前，明明燈都開著。

慧淑在燒水，拿出麵條，準備要下麵。

這時，濟浩搖晃著滅蚊噴霧，想要到處噴灑，但是沒噴出來。

濟浩　沒有新的了嗎？

慧淑　（看著）我每天都想說要去買新的。

美貞　我出去一下。（回房間拿手機和錢包）

慧淑　這麼晚了還出去做什麼？算了，明天再買吧。

13　村莊一隅（晚上）

美貞不知不覺間經過具先生家，裡面燈火通明。

14　村莊一隅（晚上）

大路，沒什麼路燈的昏暗道路。拖鞋碰地的聲音。美貞獨自一
人，臉上沒有表情。

美貞　為什麼會覺得難過呢？……我為什麼會難過呢？

不知道是不是這樣走路讓她找到答案，她轉頭用埋怨的眼神望
向具先生家，然後再次離去。

美貞　他總是若即若離，每天都這樣若即若離。

就那樣走著，突然想起那段對話。

〔INS.賢雅：「我到死都會繼續渴望愛情。你不要像我這麼渴望愛

情。」〕

走路途中，好像在催眠自己似地說：

美貞　我是一個堅強的人，從不渴望愛情……我是一個堅強的
　　　人，絕不渴望愛情……

就這樣繼續走著的美貞。

15　家・牆邊的平床（晚上）

昌熙　我問他，每天都坐在家門口看什麼……（意有所指）他說
　　　在看山。

〔INS. 坐在家門口的桌子上，凝視著正前方的具先生。對面就是山。
桌子上只有燒酒和杯子。安靜看著那座山的具先生。〕

昌熙　（E）他說如果把七十七億個一塊韓元硬幣疊起來，就會
　　　像那座山一樣。

畫面回到昌熙臉上，他用與具先生相似的表情看著遠山。

斗煥　為什麼要把七十七億個硬幣疊起來啊？
昌熙　（清醒）你聽不懂嗎？啊……我馬上就知道那是什麼意思

了。七十七億！！

斗煥　七十七億又怎麼了？

昌熙　這是世界人口啊，你這小子！（你給我聽好）假設把我當成一韓元硬幣的話，七十七億個硬幣就有五千噸左右，跟那座山差不多喔！換算成一韓元硬幣的話，馬上就一目瞭然了，世界人口和我！

斗煥　……所以呢？

昌熙　笨蛋……（還要我再說明嗎？）我，這麼拚命地活著！可是，你能從疊得跟山一樣高的硬幣中，找到我這枚硬幣嗎？

斗煥　……應該會按國家來分類吧？

昌熙　算了……不說了。

斗煥　（突然）為什麼找不到啊？我們又沒有像山一樣堆在一起？

昌熙　不是啦，你這小子！

政勳　（OL）別再提那個具先生的事情了啦！一個酒精中毒的人說的話……看來他那次跳遠真的非常厲害啊……

昌熙　（尷尬地摸了摸頭）人生要是太久沒有新鮮事……看到一個皮膚黝黑的男人跳遠，就能讓我興奮一整天……又不是看到金妍兒跳遠……從出生以來，我從沒體會過喜悅、快樂跟著迷的感覺。二〇〇二年世界盃的時候還稍微有一點感覺，之後就完全沒有了。（聲音再次變大）所以，我才會這樣吵吵鬧鬧、大吼大叫，因為只要這樣做，我就會萌生類似喜悅的情緒。

這時，慧淑從窗戶探頭出來，三人都有些驚訝。

慧淑　　具先生……你們拿過去。

接過一個盛著拌麵的鐵盆和四、五個盤子。

慧淑　　你們就光長年紀，怎麼跟在牆邊玩扮家家酒的時候沒兩
　　　　樣啊？只有塊頭長大而已，心智跟小時候把草放在瓶蓋
　　　　上、給對方吃的時候一模一樣。

三人　　……

慧淑　　時機到了，就應該找個對象結婚生子，然後看著孩子長
　　　　大。但是現在的人啊，不管是誰家的孩子，都不在乎年
　　　　齡，就這樣接二連三地孤獨老去……你們跟扮家家酒的
　　　　時候相比，應該要有所不同吧！你們會厭倦的，我看就
　　　　是這樣。

三人　　（尷尬，安靜）

慧淑　　（本想轉身進去）你們自己生生看就知道。不用吃飯就飽
　　　　了，每天都會變得飄飄然，簡直就是天下無敵，誰都贏
　　　　不了你。誰能贏得了有孩子的媽媽啊？哎呀，你們連這
　　　　種事都不懂……（正打算轉身進去）

昌熙　　（冷靜）媽，你生下我們之後，短暫感受到兩、三年的歡
　　　　樂，然後……生活就開始剩下辱罵……（越說越激動）
　　　　你想要把這種人生傳承給我們嗎？

慧淑　瘋了……

昌熙　那麼，為了持續感受到喜悅，人類就必須一直生小孩到八十歲、到死為止嗎？

窗戶哐地一聲！

昌熙　現在這麼熱，為什麼還要關窗戶？你又不開冷氣！

已經開始享用拌麵的斗煥受不了似地摀著臉。

斗煥　怎麼辦啊？這個太好吃了！我已經吃飽了，但是這個太好吃了。

16　家‧客廳和廚房（晚上）

慧淑一邊收拾廚房一邊嘟囔……外面傳來昌熙一行人的聲音……慧淑放下手中整理的工作，走到掛著照片的牆壁前面……

慧淑　你只是個頭變大而已，個性還是一樣，對吧？

仔細一看，是四、五歲左右的昌熙一臉開朗的照片，上面寫著拍攝年份及名字。

慧淑　我對你能有什麼期待啊，只要你能笑我就開心了⋯⋯你哭的話，我還要煩惱你為什麼哭⋯⋯是吧⋯⋯

深情地撫摸著照片，這時──

昌熙　（E）別再吃了，臭小子！胃要爆掉啦！

慧淑從照片前轉過身，回到廚房，調整心情。

慧淑　（喃喃自語）只有個頭變大了⋯⋯只有個頭變大了⋯⋯

17　　車站附近・便利商店（晚上）

美貞走出來，看著塑膠袋裡的東西，不確定自己有沒有買對，然後開始吃冰棒。她重新穿好被甩掉的拖鞋，繼續往前走。沒有稍早的沉重與認真，就像放學路上的小學生一樣輕鬆。

18　　村莊一隅（晚上）

美貞手裡拿著吃完冰棒剩下的棒子，拍打草叢，發出啪噠啪噠的聲音。

與去時不同，沒什麼特別意義，自言自語地說著下面的話。

美貞　我是一個堅強的人，絕不渴望愛情。我是一個堅強的人，絕不渴望愛情。

塑膠袋裡是瓶子互相碰撞的聲音。似乎買了燒酒。然後，話語逐漸變少，開始啪啪啪地跑起來，從遠方就看見具先生家。

19　村莊一隅（晚上）

彷彿是一路跑到具先生家，往這個方向噠噠噠地奔跑，大約在距離二十公尺前，具先生家的門突然打開，具先生走了出來。
美貞立刻畏縮，怯懦拘謹地走著。
這下該怎麼辦？具先生打算繞過美貞離開。

美貞　我買了燒酒。
具先生　！

她從塑膠袋裡拿出防蚊噴霧、錢包、手機，然後連同塑膠袋一起給出去。具先生心想，這下該怎麼辦？該不該接受？

美貞　給你吧。
具先生　（收下）多少錢？

美貞　不用了。（正打算要走）

具先生　……你有錢嗎？

美貞　……（不明白他為何這麼說）這點錢還是有的。

美貞猶豫了一下便想走，具先生看著美貞。

具先生　你確定嗎？

美貞　（回頭看）

具先生　到了春天，我們都會變成全新的自己。

美貞　！

具先生　你之前說只要崇拜別人，就會變成全新的自己。

美貞　！

具先生　……

美貞　（平靜）你又沒有嘗試過。我嘗試去做以前沒做過的事
　　　　情，然後我就改變了。

具先生　……（理解對方的意思）

美貞　……

具先生　（打算要回家）

美貞　你決定要嘗試了嗎？

具先生　……我今天早上不是做了嗎？

美貞　！

具先生　（看了眼就走回家去）

美貞依舊一臉冷漠地往家的方向走。走了一段後，回頭看著具

先生家，再繼續往家走，然後再次回頭看具先生家。瞬間，臉龐變得開朗，腳步輕快地走回去。

20　　家·庭院（晚上）

美貞腳步輕快地回到家。充滿蟋蟀鳴叫的社區風景，還有三個男人喝醉大聲喧譁的聲音……

琦貞　　（E）吵死了。別喝了。你們明天都不用上班嗎？

21　　昌熙公司外景（第二天，白天）

22　　昌熙公司·辦公室（白天）

昌熙打開筆記型電腦工作，雅凜在旁邊傳訊息，唸唸有詞。

雅凜　　（自言自語）這丫頭真的生氣了。（對昌熙說）我有說過嗎？我侄女這次七級公務員考試合格了？

昌熙　　有。（敷衍回應，繼續工作。在多個電腦視窗間轉換、下載、點擊、發送，速度相當快）

雅凜　　所以我帶她去百貨商店買衣服，結果店員竟然說我們倆

……（笑）像朋友。（翻過手機）她才二十七歲，我真的覺得對我姪女很抱歉……她現在還在生氣呢……（遞出手機）你看，這是我跟我侄女，真的看起來像朋友嗎？

昌熙　是。（隨便看一眼，繼續工作）真的跟朋友一樣。

雅凜　（心情好）真的啊？（自我陶醉中，仔細看著手機裡的照片）我有提過嗎？我前年戴帽子去酒吧，還被要求檢查身分證。我明明就是跟朋友一起去，結果只有我……

雅凜繼續講著自己的事，昌熙在手機裡的聊天群組發送：「救救我，快打電話給我。」再複製貼到其他群組，手機馬上響起來。

昌熙　（接起來）是！店長，（拿著筆記型電腦站起來）這個時間有什麼事情……

坐在另一邊的敏奎一邊安靜地講電話，一邊站起來。

敏奎　啊……嗯……關於今天的同期聚會……

昌熙　啊啊啊，是是是，是的，是今天沒錯。

23 昌熙公司・走廊（白天）

昌熙拿著筆記型電腦走出來，敏奎緊跟其後。

昌熙　好的，那麼晚上見。

敏奎　好的，再見。

彼此都掛斷電話。敏奎向昌熙舉手示意，走向洗手間。

昌熙　（舉手示意，小聲說）謝謝。

昌熙蜷縮在一處坐著（如果沒有放筆記型電腦的地方，就站著），在筆記型電腦的若干視窗間來回轉換，忙得不可開交。

24 酒吧（晚上）

琦貞和媛熙，媛熙瞪大了眼。

媛熙　曹景善？

琦貞　是啊，曹景善！

媛熙想起某段回憶。

〔INS. 景善：「你看看我，像是還沒吃飯的樣子嗎？」〕

媛熙　　對耶，（這麼一想）的確是曹景善，但是我們怎麼都沒認
　　　　出來啊？

琦貞　　我也不知道。看她的名牌確實是曹景善。她說自己是曹
　　　　景善，我才知道真的是曹景善。

媛熙　　（突然）那個時候的男人！

〔INS. 第一集的烤肉店，泰勳的樣子。〕

媛熙　　不是說跟美貞同一間公司？

琦貞　　對啊！

媛熙　　所以那個男人是曹景善的弟弟？

琦貞　　對啊！

媛熙　　媽呀，那個男人真可憐。哎呀，怎麼辦啊，他還有小孩
　　　　呢。

琦貞　　所以啊！！大姑竟然是曹景善，不覺得離婚的理由太明
　　　　顯了嗎？

媛熙　　（留意四周）喂，你小聲一點，別又說錯話了。

琦貞　　（小聲）聽說他們家是姊弟三人一起住，還一邊扶養那個
　　　　小孩。

媛熙　　三個人？曹景善也沒結婚嗎？

琦貞　　當然沒有啊！！她姊姊也沒結婚。

媛熙　　那可怎麼辦啊？那個男人應該很辛苦吧。曹景善是普通
　　　　人嗎？她以前去拿在學證明的時候，把教務室搞得天翻
　　　　地覆，那可不是開玩笑的。

琦貞　（第一次聽說）

媛熙　你不知道那件事嗎？她當初為了找工作，剛畢業就去辦在學證明，結果二年級的班導在生活紀錄裡只寫了四個字：「品、行、不、良」。

琦貞　（天啊！）太扯了，她二年級的班導是誰啊？

媛熙　德雯，二年八班。

琦貞　天啊，德雯……

媛熙　她說是為了賺錢，老師卻害她找不到工作，把她的前途都搞砸了，於是大鬧了學校一場，連警察都來了……真的鬧很大。她平常的行為也令人詬病，德雯還一直針對她，說她轉學到首爾是來汙染大家，最後再用那四個字搞砸她的人生。銀雨不是畢業於清明大學夜間部嗎？在校園裡看到曹景善說：「（驚訝）嗯？她……怎麼……在這裡？她根本不是那種會想念書的人……」後來才知道，她被寫了品行不良之後，根本找不到工作，所以必須繼續念書來填補學歷……（呵呵呵）聽說還是多虧了德雯才能上大學。

琦貞　（笑）快瘋了……

25　　酒吧附近（晚上）

　　　琦貞和媛熙從酒吧走出來。
　　　琦貞打開粉餅的鏡子，確認眼下的狀態。

媛熙　幾乎看不出淤青耶。

琦貞　我塗了超厚的遮瑕膏。（把鏡子放回包裡，特地）景善在
　　　她姊姊的店裡，（用下巴示意）小吃街的後面，要不要去
　　　看看？

媛熙　幹嘛呀？我跟她又不熟……（說到一半）不過我也滿好奇
　　　的。

琦貞　那就去喝杯啤酒再走吧。

媛熙　你那時候（小聲）還說人家是鰥夫什麼的……如果被曹
　　　景善知道，你就完蛋了，你的頭髮會被她拔光。

琦貞　那個男人會去告狀嗎？

媛熙　是那個孩子會去告狀吧！別去了，盡量不要跟那個人扯
　　　上關係。

　　　琦貞一臉淡然……

媛熙　你眼睛的療程根本不算便宜，該收的錢她都有收。

26　　地鐵車站・月台（晚上）

　　　與稍早不同，琦貞面無表情，打開手機，靜靜地盯著什麼，是
　　　白天跟景善往來的訊息。「琦貞：那天我送了你弟一些彩券，
　　　結果怎麼樣？／景善：什麼彩券？／琦貞：那天你弟說只收我
　　　酒錢，我有些不好意思，所以送他幾張彩券。我也是從別人那

裡收到的……有中獎嗎？／景善：等一下，我問問看。」對
話停在這裡。上午十一點左右的訊息。

琦貞　（思考）怎麼沒有回覆？

本來想要寫些什麼，手指才放上去又放棄了。
把手機收起來，漫不經心地環顧四周。

27　泰勳家‧住房（晚上）

宥林在用熙善的手機，景善和熙善越過她的肩膀認真地看著手
機。（桌上有紙製的商品折價券，似乎是在示範怎麼將商品折
價券登錄到手機裡，然後在網路商城中使用）

宥林　折價券的號碼。
熙善　（看著折價券）哪裡有號碼？
宥林　（親自刮開折價券上的金箔）
熙善　啊……這個要用刮的啊！喔……號碼在這裡。
宥林　（輸入那組號碼後，一直點擊手機）
景善　（靜靜看著）點這裡。
宥林　（冷漠且淡然）不要不懂裝懂啦。
景善　……
宥林　（再次回到手機上）

景善垂下視線看著宥林，心想這小孩真是的，氣氛十分壓抑。

熙善　（視線停在手機上）那你就好好學一學。不管是你或我，
　　　再來就會連電視都打不開了。

這時，泰勳走進來。

泰勳　我回來了。
熙善　（輪流瞥了手機和泰勳一眼）這麼晚？吃過了嗎？
泰勳　吃過了。你們在做什麼？
景善　啊！我有事情要問你。咦，是什麼啊？我忘了，是什麼
　　　啊？
泰勳　（直接走進房間）
景善　啊，算了，不管了，（再次看向操作手機的宥林，突然想
　　　起來）啊！（起身）曹泰勳！

28　行駛中的地鐵（晚上）

站著的琦貞看起來悶悶不樂，手機開始震動，抱著些許期待地
看向手機，表情平靜。「景善：喂！一張都沒中啦！」可惡，
真掃興，不知道該回覆什麼，手指猶豫不決，然後，「琦貞：
一張都沒有？連五千韓元都沒有？／景善：嗯。」
又靜靜地等待回覆，然而再也沒有下文了。

琦貞　話真少啊……

琦貞把手機收起來，突然覺得疲倦不已，動動下巴又往上拉扯
脖子，頭向左右轉動……做著伸展運動。

29　村莊一隅（晚上）

遠處的社區公車已經開走。
應該是從那輛公車下來的琦貞慢慢走過來。
視線定在前方十公尺處，以恆定的速度行走。
雖然不是會走到呼吸急促的速度，但看起來呼吸十分急促，眼
神飄移不定。
斗煥看到了。

斗煥　現在才回家啊？

琦貞　（連看都不看，一直走）不要跟我說話。

斗煥　？

琦貞　我必須以這個速度一直走，如果停下來的話……就去不
了了。

盡可能聚集身上剩下的力氣前進，就這樣走著。

琦貞　我好像知道……為什麼那些老人喜歡擅自穿越馬路了

……因為如果停下來的話……就走不動了，必須要一直
走才行。

就像拚盡全力在行軍避難一樣，琦貞向著家的方向走去。
斗煥看著。

斗煥　聚集身上僅存的體力，每次都喝完酒才搭末班車回家的
　　　姐姐！我尊敬您！加油！一定能走回家的！

琦貞一直往家的方向走去。

30　　家・廚房和客廳（晚上）

琦貞搖搖晃晃地走進來，直接走進房間。

31　　姊妹房間（晚上）

琦貞累得要暈倒，閉上眼睛，就這樣安靜地一動也不動。美貞
似乎剛洗完澡出來，臉上塗了保養品，把毛巾晾到衣架上。

美貞　你不洗澡嗎？
琦貞　……

美貞　（走出去）

琦貞　如果我死了……一定是死在通勤首爾的途中……

就這樣，好不容易把手伸進衣服裡，解開胸罩的釦子，再次安靜地……

琦貞　如果有自動洗澡的機器就好了……

琦貞側身躺著，安靜不語，突然像是有人把她抱起來，慢慢地把她的身體溫柔地舉起。定睛一看，是機器人抱著琦貞，往浴室的方向前進。機器人的肩膀上掛著毛巾。大概是琦貞的想像，被機器人抱在懷裡……

琦貞　不過……你是男的還是女的啊？

32　酒館外景（晚上）

約十五名同事正在大聲聊天，可以看到昌熙夾在中間。

33　酒館（晚上）

#大家都有些醉了，每桌都在談論不同話題，十分吵鬧。坐在

昌熙右側的男子1對著昌熙說話，周圍的人也認真聆聽。

男子1　現在，賺錢的方法只有這兩種，加密貨幣或者當
　　　　YouTuber。

眾人　　啊……（虛脫似的嘆息）

男子1　除此之外還有其他方法嗎？沒了嘛！這裡有誰可以當
　　　　YouTuber？也沒有嘛！（對著昌熙說）那就只剩下加密
　　　　貨幣了。

敏奎　　我是聽說有很多人都用加密貨幣賺了大錢，但實際上沒
　　　　見過那種人。

男子1　要讓你見識一下嗎？我帶我朋友來？我身邊有一堆。

敏奎　　不管怎樣，還是股票最好。

男人2　你這次買的L電子應該很賺吧？

敏奎　　賣掉很久了，可惡。（苦澀）

男子1　所以說嘛，只能靠加密貨幣了。（對著昌熙說）你就放個
　　　　一千萬韓元試看看啊。

昌熙　　我哪裡有一千萬啊？

男子1　你媽現在還會扣押你的薪水啊？

昌熙　　……（好像被說中）

男子1　就算是在銀行有不良紀錄，頂多也就保留五年，哎呀，
　　　　媽媽……你媽會理財嗎？拿走你的薪水要幹嘛？

昌熙　　就是定存啊。

男子1　（要瘋了）喂，跟你媽說一下吧。「媽，現在是房價最便
　　　　宜的時候，必須立刻馬上買一棟房子！即使舉債也要去

買！！」啊⋯⋯媽媽啊，昌熙啊⋯⋯（鬱悶）

#鄰桌的女人在聊天。

女子1　她說自己的門市銷售額下降，就一直吵著要我把桌子收掉，別人聽到還以為我們是競爭對手呢。不是啊，明明都在同一間公司，她就只顧自己的事，只重視自己的欲望。

敏奎　他（昌熙），就坐在鄭雅凜旁邊。

眾人　啊⋯⋯（都覺得可憐）

敏奎　他在那個位子坐兩年了。

眾人　啊⋯⋯（覺得更加可憐了）

男子1　喂，今天就不收廉昌熙的錢了，一輩子都不要收。

#昌熙和左手邊的女同事（多妍）單獨聊天。

昌熙　鄭前輩只要開口⋯⋯我就會厭煩到喘不過氣，厭煩到最後，就連看她戴彩色隱形眼鏡也覺得不爽。她的眼睛裡沒有靈魂，看到她的眼睛就令人厭煩到不行，一想到她就讓人血壓飆高（深呼吸）。明明一個禮拜只見一、兩次面，卻好像要毀掉我整個人生，她的話真的太多太多太多了，多到讓人疲憊。（立刻）我也知道！我也是話多的那種人。（喝一口酒）

多妍　⋯⋯可是，我覺得你說話很有趣。

昌熙	……！
多妍	……（眯著笑眼看）
昌熙	你喜歡我啊？
多妍	每次聽到你的聲音，我的耳朵就會立刻豎起來，「廉昌熙在說話……」
昌熙	……你真的這麼喜歡啊。（面露羞澀，尷尬地喝一口酒）
多妍	怎麼不說話了？多說一點嘛。
昌熙	真不好意思。（喝光）

34　道路一隅（晚上）

大家彼此道別：「再見。再見。路上小心。」分成三、四名男性一群，與男女混雜的六、七人一群，昌熙加入有多妍的那六、七人之中。

昌熙說了句「啊，是嗎？」，然後開玩笑地瞥了一眼多妍，回去敏奎那邊。
再次互相道別。

敏奎	廉昌熙！你是這邊啦，這小子！

敏奎	（昌熙一走過來）你這傢伙想去哪裡啊？

多妍回頭看了一眼，揮動著小巧玲瓏的手道別。昌熙張開雙臂，大大揮舞著回應。敏奎和男同事們紛紛「什麼啊？」、「哦～」，充滿曖昧的氛圍。昌熙不置可否地微笑。多妍再次回頭看了昌熙一眼。

35　行駛中的地鐵裡（晚上）

坐在座位上看手機的昌熙。

〔INS. 多妍的SNS，以開朗的表情拜訪咖啡廳和熱門景點的照片。〕

臉上露出淡淡的微笑，看著多妍的照片，然後安靜地收起手機……

36　堂尾站・月台（晚上）

#遠處，電車駛進。

#停在月台上的電車慢慢開動。

#漸行漸遠的電車尾部。

37　美貞公司・幸福支援中心（第二天，白天）

美貞、泰勳及向旻三人像罪人一樣坐在香琪面前。

香琪　我不是故意要為難你們，但是，我上面也有監督我的人，必須要有相關資料，好了解出走同好會到底是在做什麼。

三人　……

香琪　沒有嗎？什麼都可以……（沒有任何反應）無論是什麼……

三人　……

香琪　（面露難色）那你們要不要寫日記？

三人　！

38　文具店（白天）

挑選筆記本的美貞稍稍往門外看，門外是向旻和泰勳。

39　文具店門口（白天）

向旻一臉不悅。

向旻　哪有人這個年紀還寫日記給別人檢查？

泰勳　……

向旻　（深呼吸）為什麼讓人這麼火大……一定是我的問題……

泰勳思考著要怎麼說才好……

泰勳　我爸爸在我小時候就去世了，但奇怪的是，爸爸的筆跡最能讓我想起他。不管是衣服還是照片，我都沒什麼感覺，但是爸爸的筆跡，很奇怪，就像是真的見到爸爸一樣。

向旻　！

泰勳　我爸爸不是常寫字的人，所以只留下一本電話簿，我每天都會拿出來看。

向旻　……

泰勳　不過，那本簿子上寫了一句話：「男人是為了什麼而活？」

尚／泰（互相看著對方）

泰勳　（笑）我爸爸明明就不是會煩惱這種事情的人……

向旻　……

這時美貞走出來，她買了三本一模一樣的筆記本。美貞知道向旻在生氣，所以不好意思地遞出筆記本，尚旻拿過筆記本翻開看了看，然後闔起來握在手中。向旻領頭走在前面，泰勳和美貞墊後。

向旻　（無緣無故）我也熱血起來了……（用筆記本搧風）

40　村莊一隅（白天）

綠油油的田地裡，有一個看起來像是黑點的人，濟浩。
濟浩正在挖除雜草、摘取作物，一直待在田裡。

41　工廠（白天）

安靜的工廠，所有機器都停擺，大型電風扇也不轉。只能聽見
摩擦的聲音。慧淑正在打掃工廠，把零碎的木材裝進袋子裡。
今天好像沒有開工。

42　具先生家（白天）

具先生站在水槽前，雙眼看著水槽，靜靜站立的背影。水槽裡
放滿杯子與碗盤，看起來放了很久。他凝視了一下，打開水龍
頭，沾濕菜瓜布……又開始盯著水槽，然後轉身離開，似乎
不太情願的樣子，用腳把半滿的垃圾袋踢到角落，拿起角落的
空酒瓶，朝房間走去。他打開房門走進去，安靜地看著地板，
再次走出來時，拿起兩個箱子回到房間，將箱子放在地上，然
後洩了氣似地安靜……
看著房裡，被空酒瓶佔據了大半空間，他本想好好整理，卻沒
有任何動力，用腳把箱子往裡面推，匆匆忙忙地離開家裡。

43   村莊一隅（白天）

具先生迅速地往車站的便利商店走去。

44   車站附近・便利商店（白天）

收銀台上放了兩瓶燒酒。老闆（六十歲出頭，女性）瞥了一眼具先生。

老闆　你乾脆直接買四瓶吧？天氣這麼熱，等一下不要再特地跑來。

具先生（不想聽，你就結帳吧！）

老闆見具先生要死不活的樣子，這才打開塑膠袋，但是塑膠袋沒能好好展開，讓一旁的具先生感到厭煩不已。他緊閉嘴巴，移開視線，待燒酒一裝進袋子裡，就像搶劫似地奪過去，提著袋子走出去。

這人是怎樣？老闆的表情像是在這麼說。

45   車站附近（白天）

具先生從便利商店出來後，美貞也從車站走出來。

具先生　！

　　美貞看見具先生，臉色立刻開朗起來。
　　具先生則拔腿走人。

美貞　　！

　　具先生看到美貞後，感覺更加難為情，步伐也跟著加快。

46　村莊一隅（白天）

　　由於急躁與羞愧，具先生埋頭快速前行。酒瓶摩擦塑膠袋的聲
音。在後面快步追趕的美貞有點不安，覺得這樣下去不行，於
是噠噠噠地跑上前，緊緊抓住具先生。

美貞　吃過晚餐了嗎？
具先生　……
美貞　……
具先生　我沒胃口。

　　又快步走起來。應該要說些什麼呢？

美貞　你等下要做什麼？

具先生 ……

在具先生的視線中，看見遠處在田裡摘作物的濟浩。

具先生 ……（沒好氣）你們全家人都在，我還可以做什麼？
美貞 ！

快步追上的美貞垂下視線，好像有點生氣，最終放棄跟著具先
生走，慢慢回到自己原本的速度。具先生一副事不關己的樣
子，直接回去自己家裡。美貞經過具先生家，面無表情地往自
家的方向走。

47　具先生家（白天）

具先生慢悠悠地喝著酒，像個打了止痛劑的人，表情變得非常
舒服。拿著杯子坐下，焦急的心情消失了，動作也變得愜意。
然後，稍早對美貞發了脾氣，讓他露出掛心的表情。

48　便利商店門口（白天）

夏蟬放肆地鳴叫。放在外面的冰箱裡黏著冰塊，昌熙在試圖刮
除，後背一片汗濕。他把打碎的冰塊往外丟。店長（五十多

歲，女性）拿著空箱，在一旁整理。

店長　您還是幫我換一台新的，不然刮了又結霜、刮了又結霜
　　　……一點用也沒有。

昌熙　（艱難地做事）夏天……放在外面的冰箱……都會這
　　　樣，沒辦法。

　　　客人一走進門，店長立刻跟進去，昌熙努力刮掉冰霜，敏奎的
　　　車子緩緩駛來，駕駛座的窗戶搖下。

敏奎　廉昌熙！你為什麼不看訊息？

昌熙　（回頭看）什麼訊息？（拿出手機）

敏奎　群組啊！你已讀不回啊？

　　　聽到群組這個詞，昌熙把手機收回去，繼續打碎冰塊。

49　便利商店附近（白天）

　　　昌熙疲憊地喝著飲料，敏奎坐在旁邊。

敏奎　她一直在群組裡發訊息，感覺是希望你能回她。為什麼
　　　你都不回應？

昌熙　……

敏奎	我看那天的氣氛，還以為你會馬上約她週末見面呢！怎麼了？藝琳那邊還沒結束嗎？
昌熙	哪有什麼結不結束的。
敏奎	不然呢？
昌熙	……
敏奎	多妍比不上藝琳？
昌熙	……當然比得上。
敏奎	那為什麼不約她？
昌熙	……我說她比得上藝琳，是指她是那種想要推著娃娃車、送小孩去幼兒園的女人……我心中覺得不錯的女人，展現一點欲望也可以接受的女人……但是，我不是能夠達成她期待的男人……

昌熙淒涼的背影……

昌熙	這就是我的困境。在沒有解決困境的情況下一直和女生交往，所以才會一直分手。跟多妍在一起會有什麼不同嗎？她的欲望跟我的處境都這麼明顯了。
敏奎	（雖然知道）只談戀愛不就好了？
昌熙	她會願意只談戀愛嗎？都有年紀了。

兩人看上去十分寂寥。

50 行駛中的地鐵（晚上）

在地下行駛中的地鐵。昌熙的臉黑成一片，抓著把手站著，腋下被汗水浸濕，正在講電話：「是的，是的，當然，我知道。」

畫面熔接後，地鐵行駛到地面上，乘客減少了，昌熙得以坐下，但依然在通話：「是的，是，再見，好。」

掛斷電話之後，螢幕上顯示「邊尚美店長」。

昌熙沒有露出不悅的表情，只是深吸一口氣後，把手機放進口袋。

這時，他才看向窗外，平靜地看著窗外。

〔INS. 想像（白天），看起來十分涼爽的茂盛大樹下，有一輛敞篷車停駐在此。躺在車裡的昌熙，只聽見風吹拂而過時樹葉互相摩擦的聲音。昌熙平和的臉龐。〕

那副模樣跟此刻的昌熙差不多，光是想像，心情就會好很多。

51 家‧客廳和廚房（晚上）

昏暗的客廳。

琦貞靜靜地站在冰箱附近。

美貞從浴室走出來，走到廚房喝水，琦貞還是安靜不語。

美貞喝水的時候，看著琦貞。

美貞	……為什麼站在這裡？
琦貞	……我肚子餓了……但是沒有特別想吃的東西。
美貞	……（喝完水，把碗放進水槽裡）那你應該不是肚子餓。
琦貞	……

琦貞恢復安靜。

美貞看來心情也不好，把旁邊幾個杯子都放進水槽，關燈
……回去房間。

52　家·庭院（晚上）

姊妹房間的燈關了。

家裡所有燈光都熄滅，

黑暗的房子前，具先生站在那裡，手裡拿著塑膠袋。

雖然喝醉了，但白天的戾氣已經消失許多。

看了片刻後轉身，往自家走去。

53　具先生家（晚上）

具先生從塑膠袋裡拿出燒酒，剩下的連同袋子一起放進冷凍
庫，裡面一個聖代冰淇淋掉到地上。他把冰淇淋撿起來放回
去，然後關上冰箱門轉過身，坐到沙發上打開燒酒，看到使用

過的空酒杯，站起身，拿了一個新酒杯來倒酒⋯⋯慢慢喝著。

54　琦貞公司外景（第二天，白天）

55　琦貞公司・休息室（白天）

琦貞和振宇坐在一起喝咖啡。

琦貞　他說不跟我收下酒菜的錢，我叫他讓我付這筆錢，結果他非要扣掉。通常店長講的話都是客套嘛，如果我堅持要付錢，他們就會假裝講不贏人，把飯錢也都算進去，可是他不是那樣。「嗯，這個男人，是個不錯的男人啊。」所以⋯⋯我把十張彩券都送給他了，畢竟我之前對他做了錯事。不好意思，那是你特地送我的。

振宇　（微妙的笑容）你提起那個男人的時候，表情變得很溫柔呢！

琦貞馬上聽懂振宇的弦外之音。雖然這讓她很害羞，但是也馬上承認了。

琦貞　⋯⋯（哎，我跟那個男人）不行啦，他還有小孩呢。

振宇　那有什麼關係？你們又沒有要結婚，今年冬天誰都可

以！

琦貞　那個人跟我妹是同事，弄不好會讓我妹丟臉。他還是我
　　　朋友的弟弟，那個朋友可不是一般人。

振宇　那可怎麼辦？你都已經動心了。

琦貞　……（似乎有些尷尬，只是安靜不語）我只要對一個人產
　　　生興趣，就會馬上愛上對方。沒有所謂的過程。別人都
　　　是先產生興趣，再建立好感，然後才會真正喜歡上對
　　　方。但是對我來說，沒有一點點或是慢慢來這種事，我
　　　從一開始就……會……非常喜歡。為什麼會這樣呢？我
　　　到底做了什麼？太丟臉了……我都沒辦法跟別人說。

振宇　我理解，我也跟你有點像。

琦貞　（迷惑）稀奇的是，我這幾天完全不累，只要想到那個男
　　　人就不覺得累了，真的。

振宇　所以我才說要談戀愛啊，只要開始談戀愛，就不會覺得
　　　累了。

琦貞　（要哭了）但是我聽說那十張彩券都沒中獎，這樣我就沒
　　　有繼續找他講話的理由了，這件事又讓我覺得很累，肩
　　　頸變得非常僵硬，一下子變得很煩躁！

振宇　……不好意思。

琦貞　運氣怎麼這麼差啊。

振宇　啊……這可怎麼辦……還是我再買幾張送你？

琦貞　然後我再送給他嗎？一直送彩券？

56 琦貞公司・辦公室（白天）

琦貞坐在桌子前，認真地檢查調查問卷。
靜靜地盯著看，瞬間放下原子筆深呼吸。
像看遠山一樣看向窗戶，靜靜地待著……

琦貞　（E）我好像要瘋了！他對我做了什麼？那個人在腦海揮
之不去！我快瘋了！

琦貞一臉悶悶不樂，看著窗外。

57 邊尚美的便利商店（白天）

店長坐在櫃台看著電腦，名牌上寫著「邊尚美」。聽到門鈴
聲，立刻說「歡迎光臨」，瞥了一眼客人，再次把視線轉向電
腦。一名女人看著店長，走到收銀台前，店長對女人的視線感
到疑惑，但仍起身迎接，定睛一看後，發現是賢雅！

邊尚美　您需要什麼呢？
賢雅　　我是廉昌熙的女朋友。
邊尚美　！
賢雅　　前女友。（聲音有些哽咽）
邊尚美　（嚇一跳，手放到嘴邊）哎呀！（怎麼辦才好？）

賢雅　　（強忍悲傷的樣子）我真的很想再見昌熙一面……（強忍哭泣的聲音）他每天都一個人坐在路上一個小時……

邊尚美　（天啊，怎麼辦？）

賢雅　　他每次都在看電影的時候出去接電話……留下我自己看電影……（忍住眼淚的樣子）我好想摔爛他的手機……太難受了……

邊尚美　（牽著賢雅的手）對不起，對不起。（難過地垂下頭）唉……該怎麼辦才好……（由於自己就是罪魁禍首而感到痛苦）我該怎麼辦……（再次打起精神）你們復合吧，好不好？我聽說你們是因為我才分手……我真的非常過意不去。對不起，你們和好吧。我以後真的、真的會克制自己，好嗎？

賢雅　　就算您說要克制，也會超過三十分鐘啊。

邊尚美　（唉……垂下頭，再次抬起頭）我以後會在十分鐘內結束。

賢雅　　……

邊尚美　（本來一直低著頭，突然情緒爆發）這裡本來是我老公在經營，那傢伙出軌後，在這裡假裝跟那個女人是夫妻。我跟他離婚之後，這間便利商店變成我的贍養費，但是那傢伙跟那個女人，他們兩人都認識的人，就只有廉代理了……嗚嗚……我好想罵人……我好想瘋狂罵人……

賢雅　　（不知道該如何是好，難為情）不要哭了。

邊尚美　對不起……

叮鈴鈴，客人進門的聲音。

賢雅　（一邊看客人的臉色）不要哭了。

58　市區咖啡廳（白天）

昌熙用難看的表情看著賢雅。

賢雅　我已經看過好幾次你被那個女人欺負的樣子了！

昌熙　你怎麼知道她在那裡？

賢雅　道谷洞的邊尚美，很明顯吧。我隨便逛幾間便利商店就
　　　找到了。

昌熙　……（天啊！）

賢雅　不過她如果打電話給你，你還是接一下吧。

昌熙　我每次都有接。

賢雅　我很適合幫別人解決問題耶，要來開業嗎？

昌熙　（笑了一下，然後收起笑容，看著賢雅，一臉認真）謝
　　　謝，我就只有你了。

賢雅　請我喝酒。

昌熙　（輕鬆地提著包包）走吧，等一下要吃什麼？

把吃完的東西快速分類好，放上回收台，要離開咖啡廳的時
候——

昌熙　我又要有女朋友了嗎？

賢雅　喂，有總比沒有好，至少還可以藉口說跟女朋友有約要先溜。

#從咖啡廳出來，兩人開心離去的背影。

59　美貞公司·休息室（白天）

美貞、泰勳以及向旻三個人圍坐在一起，
泰勳和向旻靜靜地看著攤開的筆記本。

泰勳　（也許是讀完了，將視線從筆記本上移開）很不錯耶。

泰勳一臉溫柔地看著美貞，美貞有點不好意思。
看著向旻還在閱讀的筆記本，
最上面用較大的字體寫著「喜歡的人」，
下面寫了一大段詳細說明。

美貞　（陷入沉思，平靜地）仔細想想……我從沒遇過這樣的人。我覺得我喜歡的人好像……都有令我感到不愉快的地方。有時候讓我失望，有時候令人討厭，也有會嫉妒的時候……都在我心裡留下了一點疙瘩。我表面上看起來跟別人相處融洽，實際上卻沒有真正喜歡的人，或許

這就是……我越來越……疲憊的理由……以及我總是被
孤獨感、被拋棄的感覺所折磨的理由……（陷入沉思的臉
龐）

60　　工廠（白天）

具先生在替工作收尾，濟浩數了數黑板上標記著具先生工作的
時間，點了一萬韓元，把薪水袋遞給正在收拾器具的具先生。

濟浩　　這禮拜的薪水。
具先生　（收下）謝謝。
濟浩　　該道謝的是我。

畫面跳轉，
具先生站在門口喝冰水，看著外面明媚的風景。
就這樣站了一下，然後轉頭看向正在看帳本的濟浩，
猶豫是否要說出來……最終還是走向濟浩。

具先生　（打開自己的手機）不好意思，請給我您小女兒的電話號
碼……
濟浩　　！

濟浩露出驚訝的目光，具先生沒有避開那道視線。

濟浩　（難道你說的是）美貞？

具先生　是的。

濟浩　……（打開手機）010-***。

具先生　（輸入號碼）

61　美貞公司・大廳（白天）

美貞面無表情地跟同事們一起走出電梯。

瞬間，同事們爆出大笑，美貞也莫名地跟著笑起來。

就這樣跟著同事走，手機突然發出震動，她停下腳步確認。

收到的訊息十分簡短：「我有錢了。」

看到錢這個字，心頭一空。

本在思考對方是誰，又收到一則訊息：

「你有想吃的東西嗎？」

難道……

接著又進來一則：

「我是具先生。」

站在原地不動的美貞，臉上慢慢浮現微笑。

62　堂尾站前（白天）

具先生在車站附近徘徊。

〔INS. 停下來的電車再次出發。〕

人潮開始湧出車站，具先生覺得美貞大概也快要出站了。

這時，美貞從車站中走出來，看著遠處的具先生。

美貞臉上露出高興的表情，具先生的表情卻沒有絲毫變化。

美貞走向具先生，具先生遲鈍地挪動了腳步。

這個情景讓美貞想起在出走同好會裡說過的話。

〔INS. 美貞公司，休息室（白天）

「喜歡的人」的字樣被闔上的筆記本蓋住，封面是手寫的「我的出走
日記」，下面寫著「廉美貞」。向旻把筆記本遞給美貞。〕

向旻　　有可能嗎？就算是自己的小孩……也不容易啊……

此刻，美貞和具先生尷尬地隔著一段距離。

美貞　　（E）我想要嘗試創造出這樣的人。

〔INS. 回想，村莊一隅（白天）

美貞遇見從便利商店走出來的具先生，因具先生冷漠離去而心情不
佳。〕

美貞　　（E）就算對方硬要我去做什麼事，我也不會傻傻照做
　　　　……

〔INS. 好像是那天晚上，在餐桌的檯燈下寫筆記的美貞。

今天展示的文章中的一部分……「喜歡的人」。〕

美貞　（E，接著說）我打算嘗試一直喜歡下去。比起毫無章法
　　　地跟他人相處，這樣會不會好一點呢……現在，我想嘗
　　　試不同的生活。

63　　村莊餐廳（白天）

　　　正在吃炸豬排的兩人。
　　　彼此都沒有說話，但並不會不自在。
　　　具先生邊吃邊拿起餐巾紙擦嘴，然後，再拿出幾張餐巾紙放到
　　　桌上，無法直接交給美貞。

64　　遙遠的村莊一隅（黃昏或夜晚）

　　　具先生和美貞慢慢散步，就這樣走了一段路……

具先生（突然看向美貞）為什麼沒有稱得上喜歡的人？你不是有
　　　家人嗎？
美貞　我不喜歡爸爸，也不喜歡媽媽，更討厭我姊跟我哥。
具先生　……
美貞　我覺得爸爸……很可憐。

〔INS. 在工廠默默工作的濟浩。〕

美貞　（E）他好像從來沒有感覺過幸福。

〔INS. 廚房裡，像是在忍耐什麼的慧淑深呼吸。〕

美貞　（E）媽媽……好像認為自己是因為小孩才變得不幸，所
　　　　以真正發生大事的時候，我會覺得「只要不讓媽媽知道
　　　　就好了……」。

　　　　不知不覺間停在山前面的兩人。
　　　　怎麼會在這麼多人之中，連一個喜歡的人都沒有呢……的感
　　　　覺。
　　　　就這樣看了一陣子，又繼續走。

具先生　即使是謊言，也能被填滿吧？好漂亮、好帥啊……隨便
　　　　什麼都可以說吧。
美貞　　（有點猶豫的樣子，心想還有這種愚蠢的問題）說出口的
　　　　瞬間，就會變成真的，所有話語都是這樣。
具先生　……！
美貞　　……試試看吧，就一次，隨便說些什麼。

　　　　靜靜凝視對方的兩人。
　　　　下一瞬間，具先生忽然撇過頭。啊，做不到，大概知道是什麼

　　　　　　　　　　　　　　　　　　EPISODE 5

感覺了。

再次慢慢繼續走的兩人。

65　村莊一隅（晚上）

抵達村莊時，社區公車從兩人身邊駛過。

停在前方的社區公車上，琦貞走了下來。

琦貞感覺到兩人之間奇怪的氣氛，瞥了一眼就離開。雖然感覺到奇怪的氣氛，但也無法當面問出口，只是冷漠地走在前面。

具先生和美貞跟在後面，與琦貞之間的距離自然而然地拉開。

美貞的步伐越來越快，具先生的步伐則越來越慢。

琦貞裝作漫不經心，偷偷回頭看了一眼，兩人拉開了彼此的距離。

就這樣，三人互相隔著遠遠的距離走著。

6

EPISODE

「收到你的訊息，就像是有人匯款到我的存摺裡一樣，心情很好。」

1　村莊一隅（晚上）

具先生和美貞慢慢散步，社區公車從兩人身邊經過。停在前方的社區公車上，琦貞走了下來。琦貞對兩人視而不見，卻感覺到兩人之間的異樣。本來並肩行走的具先生和美貞自然而然地拉開了距離。美貞的步伐越來越快，具先生的步伐則越來越慢。

琦貞裝作漫不經心，偷偷回頭看一眼，兩人猛地拉開彼此的距離，具先生連招呼都不打就往自家的方向走，美貞則是看著別處，平靜地走過來……確實很奇怪！琦貞和美貞就這樣走在回家的路上。

2　家・客廳和廚房（晚上）

客廳地板上堆滿收下來的衣服。
慧淑正坐著摺衣服時，琦貞走進來。

琦貞　我回來了。

慧淑　吃過了嗎？

琦貞　（往房間走）吃了。

接著走進來的美貞。

美貞	我回來了。
慧淑	今天怎麼一起回來啊？吃過飯了嗎？
美貞	（往房間走）吃了。
慧淑	（好像是摺衣服摺累了，推開洗好的衣服）你們自己摺自己的衣服，我不做了。

慧淑發出一聲唉唷喂……艱難地站起來，拿起摺好的衣服，一瘸一拐地走進房裡。

3   姊妹房間（晚上）

美貞快要換好衣服，琦貞靜悄悄地換衣服，斜眼看著美貞，美貞假裝完全感受不到那道目光，拿著毛巾往外走。

4   家・客廳和廚房＋姊妹房間（晚上）

#美貞坐在收下來的衣服堆前面，從大的布料開始摺起，過了一會兒，從某處傳來短暫的手機震動聲。
#琦貞沒有伸手去碰美貞放在桌上的手機，只是把臉靠過去看，美貞走進來一下子就把手機拿走。琦貞掩飾著尷尬，繼續

做自己的事。

#美貞確認著手機，好像沒什麼重要內容，於是將手機放在旁邊，再次開始摺衣服。

#琦貞一邊卸妝，一邊自言自語道：

琦貞　瘋了吧，真的。

5　　家‧庭院（第二天，白天）

慧淑把鍋裡煮開的熱水倒進大塑膠盆中，攪一攪才走進去。昌熙從流動廁所出來，腿往後一踢，砰地一聲關上門，把拿出來的廁所用濕紙巾放在架子上，走到水管邊。濟浩把看完的報紙折起來，拿起衛生紙走進流動廁所。昌熙把不那麼冰冷的水倒在頭上。

6　　村莊一隅（早晨）

昌熙以乾淨俐落的打扮出門上班，邊走邊用手機看工作內容，然後就看到遠處有公車駛來。開始奔跑，剛好遇見具先生從家裡走出來，正要去工廠上班。

昌熙　您昨晚睡得好嗎？從今天開始有買燒酒送酒杯的活動，

要我幫您買一組嗎？送的杯子滿好看的，總共會送四個杯子，很漂亮。

昌熙遞出手機，似乎是要讓具先生看，但具先生沒有要看的樣子，就這樣走了。

昌熙　我會幫您買一組。

昌熙朝社區公車站跑去，具先生則默默往工廠的方向走去。

7　　工廠＋工廠前（早晨）

濟浩和具先生從工廠裡拿出水槽，放進貨車的後車廂。同樣尺寸的小水槽整齊堆放在行李區。這天好像是要把水槽放進新建好的單人套房建案中。

8　　村莊一隅（早晨）

美貞往社區公車站的方向走，貨車從後面駛來。具先生開車，濟浩坐在旁邊的位置。
具先生默默開車。然後，貨車開到比美貞稍微領先一點的地方停了下來。

美貞　　！

　　　　濟浩已經知道他想做什麼，於是打開車門，

濟浩　　上車。

　　　　美貞上了車。

9　　　村莊一隅・行駛中的貨車（白天）

　　　　乘坐三人的貨車行駛在鄉間小路上。三人一句話也沒說，只是
　　　　看著正前方。穿著制服的學生三三兩兩走在路邊。莫名令人覺
　　　　得溫緩的早晨風景。

10　　　堂尾站前（白天）

　　　　美貞從貨車下來。

美貞　　我去上班了。

　　　　貨車離開。美貞朝車站的方向走去。

11   行駛中的貨車（白天）

濟浩什麼話都沒說，具先生也依舊什麼話都沒說。

濟浩　（忽然）讓別人開車載自己……真好啊。
具先生　……

12   行駛中的地鐵裡（白天）

美貞看著前一天跟具先生來往的訊息：
「我有錢了／你有想吃的東西嗎？／我是具先生」
美貞在下面回覆：「炸豬排／在車站附近」
點擊新增聯絡人，但該要叫具先生什麼名字呢？手指在手機上
猶豫不決。輸入了「具」之後，再次猶豫不決，該叫什麼呢？
這時，看見窗外掛著的看板：「今天將有好事降臨在你身
上」。她用手機拍下這個景象。咔嚓一聲，周圍的人都瞥了她
一眼。她有些不好意思，靜靜地看著手機。

13   昌熙公司‧辦公室（白天）

辦公室裡沒有多少同事，江組長將欲確認的〔INS.「續約書」〕
交給昌熙。

江組長 （指著續約書中的其中一處）這個特殊條款不要讓其他店
　　　　長知道。

昌熙　　是。

江組長 雖然大家早就知道銷售額高的門市會有租金補貼，但是
　　　　看到有人收到補助還是會眼紅。

昌熙　　我知道。

江組長 可以的話這禮拜內讓他蓋章，以免有競爭對手插手，把
　　　　事情鬧得不可開交。

昌熙　　（哎）這個人不想做的話頂多不簽，不是那種會跳槽的
　　　　人。

14　便利商店（白天）

坪數頗大的便利商店。客人很多，收銀台前有兩名兼職員工在
結帳。老人坐在倉庫前的椅子上，端詳著續約書，看起來是整
理貨品到一半被叫來看合約。昌熙正在檢查周圍的貨架。

店長　　（合約期間）五年？五年後我就八十三歲啦！你看我能活
　　　　到那個歲數嗎？

昌熙　　（目光微微一閃）現代人活超過八十歲沒問題啦。

店長　　什麼沒問題？喂，（抬起腳讓昌熙看）這雙鞋一雙十六萬
　　　　韓元，兩雙二十四萬韓元，店員叫我買兩雙。開什麼玩
　　　　笑？一雙就夠我穿到死了。

昌熙　（呵）

店長　內褲我一次也只買一條。等到我死了，這些東西就都得
　　　扔掉，幹嘛買那麼多堆在那邊？就算我今天突然翹辮子
　　　也沒什麼好奇怪的……五年？（門都沒有，把合約扔在
　　　一邊）等我死了之後，又有哪個兒子會自願接手這間店
　　　呢……想到這件事我就睡不著。我每次都告訴自己，再
　　　做兩年就好了、再做一年就好了……好不容易撐到合約
　　　到期……現在又……（擺手）

昌熙　不然我帶一份十年的合約過來吧？這樣您只要告訴自己
　　　再撐一年、再撐一年，就可以再活十年了。滿十年的
　　　話，就再簽一個十年的合約。

店長　你在詛咒我嗎？

昌熙　難道您要放棄每個月一千萬韓元的店？按照店長您剛才
　　　說的，您又不知道自己什麼時候會去世。

店長　……（雖然覺得很可惜）我已經賺夠了，賺很多錢了。現
　　　在，要在我還有力氣的時候好好收尾……

昌熙　（看著店長，心想這是真心話嗎？）

店長　……就這樣吧。（站起來）

昌熙　！

店長　……你去找一個願意接收的人吧。（突然回頭看）你不試
　　　試看嗎？

15　市區一隅＋新建的單人套房內（白天）

#動了念頭而焦急的昌熙。

點擊聯絡人「爸爸」，不知道該不該打電話。哎呀，不管了，
按下通話按鈕。

#新建成的單人套房內，濟浩和具先生一起安裝水槽，一個人
負責固定水槽，另一人負責打釘子，即使手機響也沒辦法接。

鈴聲十分刺耳，讓人精神緊繃。作業結束後，濟浩拿起手機看
螢幕，確認來電者是「昌熙」後，電話便掛斷了。

#昌熙掛斷電話，心裡覺得自己根本不可能與爸爸溝通。

#濟浩不願回撥，於是把手機收起來，重新投入在工作中。

16　咖啡廳＋昌熙公司・辦公室（白天）

昌熙在通話，敏奎坐在他面前，以惋惜的心情聆聽著。

昌熙　是，是。

江組長（低聲說）也可以轉為直營店，小心風聲千萬不要洩漏出
　　　去。

昌熙　是，是，再見。

昌熙掛斷了電話。

敏奎　押金跟權利金是三億⋯⋯條件真的很不錯。

昌熙　單日銷售額五百萬韓元，每月淨利潤約八百萬到一千萬韓元。

敏奎　⋯⋯你跟你爸爸討論看看。

昌熙　要生出三億韓元，我們家就必須把地賣掉，要是跟他說「把地賣掉，來開便利商店」，我爸聽得進去嗎？驛三洞的門市要轉手的時候我就跟他提過了，結果被他罵成是要賣光祖產的不肖子⋯⋯（鬱悶）現在哪有一樁生意可以靠三億韓元創造出每月千萬的業績？（但是）他絕對聽不進去，他不會相信，也不會聽。就算錢從天上掉下來，全國民眾都瘋狂去撿，他也會一個人留在工廠裡工作。我是很敬佩他啦，除此之外我還能怎樣？

兩個人都覺得可惜。

昌熙　你來接手不行嗎？不然就你來吧！

敏奎　（嘖⋯⋯）你覺得我有三億韓元嗎？

昌熙　不能貸款嗎？

敏奎　（嘖⋯⋯）你覺得我有可以貸款三億韓元的資產嗎？

昌熙　（嘖⋯⋯）

敏奎　你那個叫斗煥的朋友呢？

昌熙　⋯⋯他只有那一間房子，我怎麼好意思叫他賣掉？

敏奎　（鬱悶又可惜）

昌熙　我真的要瘋了，現在有一千萬韓元的月收擺在我眼前

耶！

敏奎　……

昌熙　為什麼我愛的人都沒錢呢？

敏奎　（猛然）你可別愛上我，你這傢伙！

昌熙　（嘖，現在可不是開玩笑的時候，該怎麼辦呢？）

17　美貞公司・辦公室（白天）

美貞一邊翻看印表機印出來的紙，一邊走回座位上的途中，瞬間停止了動作。她靜靜看了一下，然後折返回印表機旁邊，將稍早翻閱的兩、三張紙反面放回印表機的出紙匣，然後回到座位。不知道是看到了什麼，美貞盯著電腦的表情很難看。這時——

崔組長　韓秀珍、金志希、***、***。

崔組長站在印表機前，拿起紙張端詳。
那是美貞看過的紙。

美貞　！

心想被點名的這些人怎麼了？

崔組長　你們真行，用公司的印表機印機票。

美貞　　！

崔組長　（讀出目的地）關島？真好啊，還可以去關島！

受到驚嚇的一群人用「是誰印的？」的眼神尋找犯人，志希的眼神飄忽不定。似乎是志希犯下的失誤。崔組長把印出來的東西交給志希，接著看向美貞。

崔組長　不過，廉美貞小姐怎麼沒有一起去？

美貞　　！

聽到這句話，所有人的眼珠都不敢動。

崔組長察覺到自己說了不該說的話，無聲地回到座位。

美貞雙眼直視螢幕，表情卻更顯僵硬。

畫面跳轉，到了午飯時間，同事們都和樂融融地起身，美貞跟那群人坐在原位不動。寶蘭看了看那群人，又看了看美貞⋯⋯

下個瞬間，秀珍起身走出去，掀起一陣寒風。隔了一小段時間，志希也站起來，剩下的兩人也起身。美貞依舊靜靜地坐在位子上，只有寶蘭盯著那些走出去的人。

18　美貞公司・走廊一隅（白天）

秀珍、志希等四人在角落討論稍早那令人尷尬的情況。志希似乎正在被責備。然而，她們突然間都不說話了。為什麼會這樣呢⋯⋯因為美貞和寶蘭正走過來。

美貞　（經過）你們不去吃飯嗎？

美貞經過她們之後就立刻沒了表情，剛才那是努力擠出來的一句話。
寶蘭默默跟著美貞。

19　餐廳（白天）

美貞和寶蘭沉默不語，埋頭吃午餐。
然後，寶蘭一邊吃一邊說：

寶蘭　我還是會繼續留在這間公司。每次進出公司大樓時，經過的路人投過來的目光就讓我很滿足了。以前都是我在羨慕別人，「我也想在那種地方工作」。能夠進出我一直嚮往的地方，我就滿足了⋯⋯反正沒有人知道我究竟是什麼身分。

美貞　⋯⋯

寶蘭　我的員工編號是幾號開頭，一點都不重要。但是，至少識別證的顏色沒有區別。聽說其他公司的識別證從顏色就開始分級，戴著這個（識別證）走來走去本身就是一種屈辱。連公司附近的商店都知道識別證顏色的差別，看得出來誰是正職員工，誰是契約員工。

美貞　即使我是正職，她們大概也不會邀請我。

寶蘭　（用「為什麼？」的眼神看著美貞）

美貞　因為我沒有比基尼。

寶蘭　（笑出聲）

美貞　（平靜地吃飯）

20　　美貞公司・辦公室（白天）

美貞坐在位子上，旁邊傳來一聲癱坐下來的聲音。嘎吱一聲，椅子拉開的聲音。志希回到座位坐下，仍然一句話都不吭，一坐下就盯著螢幕看，感覺彼此都在忍受這段不愉快的時間。美貞打開手機看跟具先生的聊天室。招牌「今天將有好事降臨在你身上」的照片，下面是美貞發送的文字：「每次進入首爾之前，看到這個心情就會變好。」不知道具先生是不是沒看訊息，未讀依舊顯示1。

21　單人套房前（白天）

本來被塞滿的後車廂已經空空如也，具先生一邊搬著工具及木材，一邊從建築裡走出來。喝了一點水。也許是感覺累了，他抓著後車廂的手把站著。這時，濟浩從建築裡走出來，具先生換了一個姿勢，爬上駕駛座。

濟浩　（覺得具先生好像累了）我來開車吧。

具先生坐上駕駛座。濟浩把行李放在後車廂，坐到他旁邊。

22　村莊一隅（白天）

昌熙單手提著購物袋，面無表情地走來。汗流浹背，悶熱又黏膩的感覺。他來到具先生的家這邊，轉頭看向工廠那邊，工廠的門已經關了，也沒有看見貨車，於是走到具先生的家門前敲了敲。

昌熙　是我！

沒有任何聲音。他試著抓住門把，然後門就被打開了。

23   具先生家（白天）

昌熙進門一看，果然沒有人在家。

他從購物袋裡取出一組燒酒放進冰箱，

杯子套組則放在水槽上面。

他看到房間門半敞，從中散發出強烈的光芒，於是停下腳步。

那是什麼啊？他心想，慢慢推開房門往裡面一看，陽光照射進房裡，空酒瓶反射眩目的光芒，幾乎讓人無法睜開眼睛。

24   村莊一隅（白天）

#笨重的貨車開在鄉間小路上。

#車子就這樣開來的途中，從具先生的視線中可以看到不遠處的昌熙（已經換了衣服）和斗煥從自己家裡把空酒瓶拿出來。具先生的表情變得很難看。

#貨車接近具先生家時，斗煥先看到貨車，並向濟浩鞠躬示意。這時，濟浩也看到被拿出來的空酒瓶。直到脖子轉不過來為止，一直盯著看。

具先生　！

駕駛著貨車經過的具先生緊閉雙唇。

#昌熙和斗煥再次進入具先生家。

25 工廠前（白天）

從貨車下來的濟浩與具先生。

濟浩　辛苦了。

具先生　（低頭行禮）請好好休息。

道別的時候，具先生一直努力維持正常表情，然而一轉身，表情就變得僵硬。具先生提著裝著酒的塑膠袋，表情實在很差。濟浩似乎覺得怪異，看向具先生離開的方向。

26 具先生家（白天）

昌熙和斗煥把酒瓶裝進布袋裡，就聽見門打開及關上的聲音。具先生走進來後，沒有看向房間，逕自往水槽那邊走去。

斗煥　你怎麼堆這麼多酒瓶？可以叫我們來幫忙整理啊。你不會在收藏這些東西吧？

具先生好似在忍耐什麼，把塑膠袋扔到一邊，深吸一口氣，發揮耐心回頭看向他們。

具先生　放著就好。

昌熙 我們快收完了。你（這段時間）先去洗個澡吧，我們馬上把垃圾拿去回收。

具先生 ……（冰冷的語氣）我叫你們放著！

昌熙和斗煥看著具先生，覺得氣氛很奇怪，具先生表情僵硬。

斗煥 我們……很快就收完了……

昌熙 ……！

具先生 有人要來清理你拉的屎，你會感激嗎？

昌／斗 ！

27　具先生家門口（白天）

昌熙一臉不悅，率先走出來，斗煥也被趕出來，看起來十分氣餒。

斗煥看著已經拿到外面的酒瓶……

斗煥 我們是不是該把這些放回去啊？

昌熙直接往家的方向走去。斗煥不知所措地追趕昌熙，然後轉向回去自己家。兩人心情都不怎麼好。

28   具先生家（白天）

具先生坐在沙發上，由於發了一頓脾氣，心情也不好。他滿臉厭煩。但是，不知從哪裡傳來手機的震動聲，連續震動了半天，實在太煩了，只好開始找手機。似乎沒帶出門。找到了之後，震動音馬上就斷掉了。

具先生打開手機確認，有兩、三通未接來電，還有超過八十封、一百封的未讀簡訊和訊息，幾乎都是沒有存成聯絡人的號碼，唯一有名字的是「廉美貞」發來的一則訊息。他打開來看，是招牌「今天將有好事降臨在你身上」的照片。

此外，還有美貞的文字訊息：「每次進入首爾之前，看到這個心情就會變好。」具先生沒有心情回覆，雖然已讀，還是先把手機收了起來。

29   美貞公司・辦公室（白天）

美貞看著與具先生的聊天室，對方已讀但沒有回覆。
這時手機發出震動，有訊息進來，發件人是「姊姊」。
點進去看之前，能看到訊息內容是：「一起喝一杯吧！感覺今天應該要去喝一杯啊！」
點進去確認內容後，美貞沉默不語。

30 市區酒館外景（晚上）

31 市區酒館（晚上）

琦貞斜眼看著美貞，乾掉手裡的酒，美貞對於此刻的氣氛感到不自在。

美貞　別看了。

琦貞　（還是一直斜眼看）喂，決定要隨便找個人談戀愛的人是我。

美貞　……

琦貞　雖說是誰都可以，但你還真的隨便找一個人啊？

美貞　……（不想聽這些話，於是看向別處）

琦貞　小時候就不會挑朋友……現在選男人的眼光也這樣……

美貞　……（不想聽這些話，繼續喝酒）

琦貞　我們社區這麼小，你到底想怎樣？

美貞　有什麼好怕的？

琦貞　！

美貞　你這輩子這麼挑，最後有什麼好結果嗎？你不是說過，我們犯的錯就是因為遇到不適合的人就放棄，沒把這些經驗當成練習的機會，所以才會直到現在都沒有對象？

琦貞　所以呢？

美貞　我現在要開始練習。

EPISODE 6

琦貞　練習什麼？跟那個酒精中毒者？

美貞　……！（喂）

琦貞　你可別說他不是酒精中毒者。（本來想喝一口）別說我喝
　　　得更多。

　　　美貞又喝一口酒，氣氛非常沉重。

賢雅　（E）姐姐。

琦貞　你安靜。

　　　賢雅低著頭，從雙腿間抓了一張椅子來坐，雙眼看向別的地
　　　方，啜飲杯子裡的酒。美貞也冷著臉看向別處。這時，賢雅的
　　　手機響起來，她接起電話。

賢雅　嗯。（會很晚嗎？）有一點，你先回家吧。（你會馬上回
　　　來嗎？）應該沒辦法。冷凍庫裡有披薩。嗯。

　　　琦貞怒視著賢雅。
　　　賢雅結束通話後，放下手機。

琦貞　你們不是要分手嗎？

賢雅　之前分手了！

琦貞　！（這段時間又？）

賢雅　真是的，怎麼這麼傳統啊。

琦貞 ……你（美貞）別再跟她混在一起了，你（賢雅）以後
不要再跟美貞見面。都要被帶壞了。

不悅的美貞。沉重的沉默。一直默默不語的美貞。

美貞 我跟燦赫前輩交往的時候，他說要辭職去做生意，我很
開心。別人問我男朋友在做什麼，我就會說「他在創
業」，光是這句話就讓人感到驕傲。但是，因為生意太成
功了，開始讓我有點不安。我們都還沒結婚呢。後來由
於產品良莠不齊，一直遭到客戶退貨，經營越來越困
難，我一直陪在他身邊，想要對他比以前更好，（想起來
還是覺得不愉快）他好像也發現了我的心思。

一動不動的兩人……

美貞 跟某個人在一起，會讓我看起來更好嗎？當我跟某個人
成為伴侶，但是不管怎麼挑，我都無法真心誠意地支持
他。我希望他比我優秀，但又不可以太優秀。我從未真
心付出過，也從未收過任何真心的付出。

二人 ……

美貞 我再也不想重蹈覆轍。如果我的伴侶優秀到留不住，那
麼我會樂意放他走。如果我的伴侶跌落谷底，我也不會
覺得丟臉。就算全世界都對他指指點點，我也要用公正
的態度來支持他。

EPISODE 6

二人　……

美貞　我們的成長過程中，也從來沒有從爸媽那裡得到過這樣
　　　的支持。

　　　美貞說到話尾時有些哽咽，趕緊喝了一口酒。
　　　琦貞心裡也不好受。
　　　不知從哪裡傳來抽泣聲。
　　　賢雅轉頭，用手拭去流下的眼淚，擦在大腿上。
　　　美貞看到賢雅的行為，不好再說什麼，接著——

美貞　怎麼哭了？

賢雅　（又抽泣）

美貞　嗯？

賢雅　（視線看到菜單）我可以點雞胗嗎？

琦貞　……點吧。（趕緊用衛生紙沾了沾眼淚）

賢雅　不好意思，我要點一份雞胗！

　　　然後，因難為情而不再說話的三人。

32　家・客廳和廚房（晚上）

　　　默默吃飯的昌熙。
　　　濟浩與慧淑也在，大家不發一語，沉默地吃飯。

昌熙　爸爸，我就是想跟你講一件事，如果不說的話就太可惜了。我真的只是想提一下，您就順便聽聽看。

濟浩裝作沒聽見，繼續吃飯，慧淑不知道這傢伙又想說什麼，一直觀察濟浩的臉色。

昌熙　我們最近有一間門市要轉讓，權利金是三億韓元，店長可以拿到的淨利潤是每月八百萬到一千萬韓元。

慧淑靜靜地嘆了口氣，擔心父子倆又要吵架了，提心吊膽。

昌熙　那間門市的店長在那裡工作了十年，至少賺進了十億韓元，但他才花了三億。我可以給您看門市的銷售額資料，只要您想看的話。那間門市生意這麼好，店長怎麼就不做了呢？因為他馬上就要八十歲了，膝下有兩個孩子，一個在美國，一個在麗水，沒有人可以接手。

濟浩　（不理會）

昌熙　我不是為了自己才說的。我沒有要辭掉工作，跑去當便利商店的店長，然後坐等月收一千萬韓元。這是天上掉下來的好機會，誰撿到就是誰的。很多人都想要這種資訊，但這是我負責的區域，我才能先得知。您有興趣的話，這是一個賺錢的好機會。

濟浩一言不發，繼續吃飯，慧淑提心吊膽。

空氣中流淌著沉默。安靜了一陣子之後——

濟浩　（視線毫無交集）生計我會自己看著辦。

慧淑　……

濟浩　你想要接手的話，就自己生出三億韓元，我不會阻攔你。

昌熙　……！

早就知道會這樣，昌熙無言以對，繼續吃飯。

為了忍住鬱悶及委屈，過了半天才回答：

昌熙　是。

一口一口勉強吃著飯的昌熙。

氣氛悲傷又鬱悶。

33　昌熙房間＋客廳和廚房（晚上）

#電風扇在角落轉動，昌熙坐在房間中央。

電風扇的聲音似乎刺激到他的神經，他伸手關掉。

這時，慧淑把摺好的衣服拿進來，又要出去的時候——

慧淑　你這麼想做的話，媽媽幫你。

昌熙　！

慧淑　（走出去）離婚的話，應該可以拿到三億韓元吧。

昌熙　（鬱悶）就說不是為了我自己！別人都是這樣賺錢的……

#慧淑覺得事不關己，往廚房走去。

#決定到此為止的昌熙，嘆氣，再次打開電風扇。

34　熙善的店（晚上）

熱鬧的酒館中充斥著歡聲笑語，熙善忙碌地走來走去，聽到開門的聲音，說「歡迎光臨」，走進來的人是琦貞、美貞以及賢雅。琦貞喝醉了，顯得特別溫順。「你好？」美貞看到泰勳「嗯？」，泰勳也看見美貞「嗯？」，賢雅在美貞後面走進來，看著手機發出歡呼。

賢雅　耶！！找到冷氣的遙控器了。（然後著急地看著手機）不能再繼續翻家裡的東西了，不然誰知道會找出什麼。到此為止，住手。

琦貞　（找到位子坐下）景善呢？

熙善　她說有教育訓練，會晚一點。

35　從窗外看進來的店內景象（晚上）

賢雅站在狹窄的出入口發訊息，因為已經喝醉了，動作非常慢。店裡的人經過時必須避開賢雅。泰勳跟琦貞打招呼，對美貞說「你怎麼來了」等等話語。用完手機的賢雅也坐下來。

36　熙善的店（晚上）

店內每一桌都非常吵鬧。琦貞站起身，走到有啤酒的冰箱前，由於冰箱的內部壓力太大，她沒辦法打開冰箱門。服務完客人的泰勳這時發現，連忙上前幫她。

泰勳　你可以跟我說。

琦貞　你才剛下班，應該很累吧。

泰勳　客人比較多的時候我才會來幫忙，像今天這樣的日子很少見。

琦貞拿著兩瓶啤酒，這時一個女人的聲音說：「請你道歉！」琦貞和泰勳同時緩緩看過去，旁邊每一桌都在聊自己的天，十分吵鬧，美貞和賢雅沒有看那邊，好像只有他們兩人聽到。女人再次說：「我要你道歉啦！」從她微笑的表情看來，似乎不是很嚴肅的情況。

泰勳　原來大家都會這樣說話啊。

琦貞　（眼睛一亮）應該不是只有我聽到那句話覺得不舒服吧？

泰勳　我也覺得不舒服。

琦貞　（委屈得快要哭了）是吧？公司裡有個調查員跟我說「請
　　　你道歉」，我心裡一驚，突然啞口無言。「（懵）我做錯
　　　什麼了？」

泰勳　「我心情不好」、「你這裡做錯了」，這些話還可以接受。
　　　但是，「請你道歉」這句話就像是拒絕討論一樣，只是急
　　　著下結論而已。我是受害者，你是加害者。

琦貞　（對於泰勳俐落地整理出心中那股鬱悶之情激烈地表示贊
　　　同）是吧，就是這樣吧？（委屈）啊，我那時聽到對方這
　　　麼說，真的是……突然被判處死刑一樣……就像被丟進
　　　洞裡……還在我頭上倒水泥……好像自己變成壞人，害
　　　我完全睡不著……更糟糕的是，我隔天還向對方道歉，
　　　但我完全不知道自己做錯什麼。（依舊委屈）

泰勳　（微笑）你真善良啊。

琦貞　那個女人肯定知道一般人聽到這句話會有多慌張。不
　　　是，「請你道歉」是什麼新的吵架方式嗎？用來先發制人
　　　嗎？

泰勳　……以前，道歉是很帥氣的行為，對吧？道歉通常是一
　　　個人經歷刻骨銘心的痛苦，反省自己的言行，鼓起勇氣
　　　做出的行為。但不知道從什麼時候開始，道歉變成是強
　　　迫低頭的行為。現在看到勇敢道歉的人，也很難再感受
　　　那種感動了，真是……讓人唏噓……

琦貞以著迷的眼神盯著說出這席話的泰勳。

琦貞　但是，我想要跟你道歉。

泰勳　！

琦貞　那個時候。

泰勳　（啊！）你道過歉了啊，還給了我十張彩券。

琦貞　不對，我還沒有好好道歉，只是含糊帶過。你說過，雖然自己離婚了，但結婚是你此生做過最正確的決定。沒有結婚的話，就不會擁有這麼可愛的孩子，這些話一直留在我心裡。原來是這樣……我竟然在喝了酒後，隨意評價這麼珍貴的關係。（鄭重地低下頭）對不起。

泰勳　（低頭）唉呀，別這麼說。沒關係。

琦貞　（頭更低）真的很抱歉。

泰勳　（頭更低）真的沒關係。

琦貞　我應該還要向你女兒道歉。

泰勳　（連忙）不用了，還是別這麼做比較好。

賢雅　（E）你在熱啤酒嗎？

雙手將啤酒緊緊抱在懷裡的琦貞。

賢雅　抱得這麼緊幹嘛啊？

客人　（E）這裡要四杯五百毫升的啤酒！

泰勳　好的！

泰勳再次忙碌地走來走去，琦貞抱著啤酒回到位子，表情看上去心動不已。

畫面跳轉，店裡依然吵鬧，琦貞和賢雅大聲聊著自己的話題，美貞開玩笑地摀起耳朵，好像是覺得真的太吵了。

賢雅　先跟零分的人交往過，才能遇見一百分的人！姐姐你啊，每次都找跟自己差不多水平的人，大概六十四‧二三八分的及格邊緣。

琦貞　（OL）喂！怎麼說我也有七十八分吧！

賢雅　（OL）那是姐姐自己覺得。

琦貞　（OL）我有這個分數吧！

賢雅　（OL）你還是忘了分數這件事吧，不要把自己限制在固定的範圍裡啦！別人幫你打分數還不夠，連自己都要這樣對自己嗎？為什麼？

美貞摀著耳朵露出微笑，臉上漸漸露出夢幻般的表情。
賢雅抱著美貞的脖子親了一下。美貞皺眉，勉強逃出賢雅的懷抱。接著，她看見手機上跟具先生的聊天室，「今天會比較晚回去，跟姊姊一起去喝酒。」顯示已讀，但是沒有回覆。她又發送一些文字過去，帶著醉意地微笑，四處東張西望。

美貞　（E）我總是在期待對方的答覆，這種心情令人無奈，但我不會為了報復而做出相同的行為。跟男人交往的時候，那些無聲的處罰和報復……已經夠多了。

37   具先生家（晚上）

安靜地站在水槽邊的具先生的背影。

看著與美貞的聊天室裡的內容。

美貞　（E）不用再去衡量你的愛意讓我心情愉悅。我只要崇拜

你就行了，我真的很喜歡這樣。

38   蒙太奇（晚上）

#疾馳的計程車裡，坐著琦貞與美貞。

琦貞在睡覺，美貞則看著車窗外。

#具先生仍然看著與美貞的聊天室，每當手機暗下來，他就再

次點開螢幕，就這樣看著。可能是醉了，身體有些搖晃。

#從奔馳的計程車中，可以看見遠處具先生家還亮著燈。

美貞看著具先生家，在車子靠近時，咔嚓一聲拍了照片。

#家門口停著一輛計程車，兩人下車。

計程車緩緩掉頭駛離。具先生家依舊燈火通明。

39   村莊一隅（第二天，白天）

斗煥準備好鍋子、小菜桶以及空碗前往昌熙家，途中看到具先

生家,莫名覺得彆扭不已。才剛經過具先生如此安靜的家,背後就傳來具先生出門的聲音。怎麼辦?斗煥心想,結果還是回頭看。

斗煥　　(親切)你好。
具先生　……

具先生沒說話,斗煥再次尷尬地走在前面。

40　　家·客廳和廚房(白天)

昌熙汗流浹背,正在炒泡菜炒飯,雞蛋已經先煎好。美貞坐在餐桌前,拌著小菜吃飯,剛進來的斗煥將碗放在一邊。

斗煥　　唉呀,我剛才來的路上看到具先生,快要尷尬死了。
昌熙　　……

斗煥坐到美貞面前,美貞把湯匙和筷子放到斗煥面前。

斗煥　　我一直在演練,假如碰到具先生該怎麼辦,沒想到他竟
　　　　然從我後面出現,嚇了我一大跳。我聽到他出來的聲
　　　　音,但是不知道該不該回頭,結果錯過了逃跑的時機,
　　　　只好尷尬地打招呼,哎唷。

美貞　（不知道對方在說什麼）

斗煥　昨天昌熙把我叫去具先生家，進門之後我嚇了一跳。房裡發出萬丈光芒，真的不是開玩笑，我還以為裡面有外星人。進去之後，就發現滿滿都是燒酒瓶。

美貞　！

斗煥　正好陽光直射那個房間，房裡熱得要死。我們兩人本來在幫他收拾酒瓶⋯⋯然後就被具先生臭罵了一頓。也沒有到臭罵啦，就是惹他不高興了。（撫摸臉龐）幫忙打掃還被罵，我都快要尷尬死了。

美貞　⋯⋯他有請你們幫忙嗎？

斗煥　⋯⋯

昌熙　（專心炒飯）

美貞　他有請你們幫忙清掉酒瓶嗎？

斗煥　⋯⋯

美貞　既然如此，為什麼隨便進門亂碰？

昌熙　我都看到了，難道要坐視不管嗎？

美貞　（吃到一半）⋯⋯你這種想要改變他人的想法，太傲慢了。

昌熙　！

斗煥　誰改變誰啊？哪有傲慢？我只是覺得那個量太大，他自己無法處理而已。

美貞　量再多也是他自己喝的，但是卻被你們發現了。

昌熙　（猛然回頭看）被發現什麼？他以為我們不知道嗎？

美貞　⋯⋯

昌熙　社區裡所有人都知道！

沉默。氣氛變得尷尬。美貞收拾吃完的東西，起身走向水槽。昌熙端起泡菜炒飯的平底鍋，放在那個位子後坐下。美貞在水槽邊洗碗。

41　工廠前（白天）

濟浩和具先生將水槽搬到後車廂，然後爬上貨車。具先生坐上駕駛座。

42　家・客廳和廚房（白天）

昌熙和斗煥面對面坐著吃飯，這時可以看見貨車駛離。

昌熙　你看著吧，我等一下就把它們全部丟掉。（對斗煥說）快吃，我們要趁那個人不在的時候把酒瓶全部丟掉。

斗煥　（快哭了）不要啦。

這時，傳來咚咚咚的聲音。琦貞一身邋遢地走出來，從冰箱裡拿水喝。轉身面對餐桌，靜止不動。由於精疲力盡，肩膀無力地下垂。

斗煥　看來你昨天喝很多啊？

美貞　……

　　　　昌熙完全不理會琦貞，一邊吃飯一邊盯著具先生家，這時手機
　　　　響起，他拿起手機確認，然後接起電話。

昌熙　是，店長，是。（靜靜聆聽。似乎有點奇怪。起身回去自
　　　　己房間）什麼時候？

　　　　這時，琦貞才好好地坐到餐桌前，開始吃泡菜炒飯。

43　　家・昌熙的房間＋街頭一隅（白天）

　　　　通話中的昌熙。

昌熙　店長打電話過來，說已經有人跟房東簽了租約。因為他
　　　　不想繼續經營，房東好像就把房子釋出給房仲了……
組長　（鬱悶）為什麼沒跟我們商量就把店面釋出啊？（總之）
　　　　你先去打聽一下簽約的人是誰，租下店面之後要做什
　　　　麼，那個店面不能被搶走。
昌熙　是的，是，是。

44   村莊外景（晚上）

蟋蟀鳴叫的夜晚。

寂靜的村莊。

貨車停在黑暗的工廠前。

具先生家門口，放置不理的空酒瓶。

45   具先生家（晚上）

具先生把燒酒倒進昌熙送的杯子裡，慢慢地喝。

上眼皮發紅，在醉意中十分放鬆的感覺。

具先生　應該要保持距離才對……我對他們太沒戒心了。（在說昌熙和斗煥的事）

坐在遠處的美貞。

玄關或是窗邊，總之是風大的地方。

頭髮隨風飄動。

具先生　沒事的時候還好，心情不好的時候……眼前有人晃來晃去都覺得礙眼。在我眼前晃來晃去的人來跟我說話，就更討厭了（說完冷笑一聲）。明明就是一堆廢話，我卻不能不聽，然後還「必須」跟著回應廢話。

美貞　　！

具先生　我該說些什麼？光是思考這件事……就很傷神。

美貞　　……（笑出聲）我也是這麼想。

具先生　……（怎麼可能？）

美貞　　一天二十四小時中，我覺得還可以的時間大概是……一、兩個小時嗎？也不是多棒的時間，就只是覺得還可以，剩餘的時間都必須忍耐度過。

具先生　……！

美貞　　我從小就是這樣。看到其他人玩得很開心，對於年紀還小的我來說，卻覺得心煩意亂。「有什麼好玩的？為什麼我一點都不開心……」

具先生　……

美貞　　吃飽睡，睡飽吃……虛度的時間為什麼這麼漫長……即使把八十年的人生壓縮成八年，大概也不會有什麼遺憾。

具先生　……

美貞　　無事可做反而覺得精疲力盡……

具先生　……

美貞　　就算這樣，就像在放牛一樣，一步一步拉著自己前進。告訴自己向前走，雖然不知道為什麼要活著，但是至少要活得有模有樣，就這樣……每天 …… 一步一步……拉著自己走……

具先生　……（反覆說著）放牛……（突然說起別的話題）看來你有看過？

美貞　　小時候看過幾次。

具先生看著美貞，然後起身走到冰箱前，從冷凍庫拿出裝著冰淇淋的塑膠袋，放到美貞面前，然後坐回沙發上。

美貞　（看著袋子）為什麼給我冰淇淋？

具先生　之前買的。

美貞　（為什麼？）

具先生　我醉了。

美貞　……！

具先生　喝醉的我，比清醒的我更有人情味。

美貞　（吃一口）……滿好的。（喝醉的時候有人情味這一點滿好的）

就這樣隔著一段距離，一個人在喝酒，一個人在吃冰淇淋。

46　　村莊外景（第二天，白天）

47　　具先生家（白天）

具先生把燒酒杯洗好，放到架子上，一邊收拾水槽上的垃圾，一邊看著映入眼簾的空酒瓶。靜止不動。然後，忽然拿起空酒瓶走進房間。
沒有猶豫地開始清理酒瓶。

把酒瓶裝進昌熙和斗煥留下的布袋裡。

動作像作業員一樣迅速。

48　便利商店（白天）

房東在向昌熙說明，店長也在場。

房東　不是我主動提供，是房仲先打來問我的。他們聽說這間
　　　　便利商店要停業，所以跑來跟我求證。我完全不知道這
　　　　件事，就來問老爺爺（店長），老爺爺也說不做了。

店長　我可沒有把店面提供給房仲出租，我哪有理由這麼做？
　　　　肯定是房東幹的啊！

房東　我也沒有啊。但是有人知道這個消息，就立刻找上房
　　　　仲，說要簽下這個店面。

昌熙　請問您知道對方簽約之後想做什麼……

房東　聽說是想開便利商店。

昌熙　哪一家便利商店……？

房東　這家便利商店啊，一樣的。

昌熙　'？

房東　聽說那人的女兒在總公司上班，以前負責過這片區域。

昌熙　！

店長　（突然想起來，扼腕道）哎呀！

昌熙　（看著他）

107

店長　她前幾天來過。唉！

49　昌熙公司·辦公室（白天）

雅凜假裝出神地呆坐著，

一旁的昌熙默默整理文件，

江組長滿臉微笑輕聲細語，實則把雅凜的手段都看透了。

江組長　不是可以先跟我說嗎？

雅凜　（似乎很委屈）我也沒想到爸爸馬上就跑去簽約了啊。我
　　　到那附近一趟，想說順便去看看店長，結果店長說他不
　　　幹了。我只是跟我爸隨口提到，那間店營收那麼好，為
　　　什麼店長不做了？沒想到我爸這麼快就跑去簽約啊。

江組長　你怎麼可能沒想到？女兒就在便利商店總部上班，哪有
　　　爸爸什麼都不問就去簽約？你又是怎麼知道房仲已經有
　　　資料的？

雅凜　（發火，拿起手機）不然你去問我爸？你們三個人自己當
　　　面對質啊！

江組長　別說了，（對昌熙說）你就當作是走運了吧。確實是走了
　　　狗屎運，還好不是被對手公司搶走。

昌熙　……

雅凜　幹嘛讓我變成壞人啊？好像是我在耍小聰明一樣。

江組長　（迅速看向雅凜）

雅凜一臉怒意，心情似乎非常差，猛然起身走出去。

江組長依然是那個眼神，昌熙則一臉淡然。

50　ATM機台區域（白天）

這一區有五、六台機器。

昌熙站在長長隊伍的末端，氣得快要哭出來的樣子。

由於氣候炎熱，有人搖晃扇子搧風、有人拉扯衣服晃動等等。

昌熙強忍著鬱憤之情，站在隊伍最末端。

畫面跳轉，昌熙走到隊伍中間，怕被前面的人聽到，於是低頭小聲地通話，聲音中能感受到他的憤怒。

昌熙　為什麼我爸……應該說是鄭前輩的爸爸吧……那個門市，是我堅持要補助租金。是我，我幫鄭前輩減免了租金。（煩死了，要瘋掉）就這樣，真的是這樣。我最──討厭的人都會把好處拿走。從今以後，我要賭上性命去愛鄭前輩，我在這世上最愛的人就是鄭前輩。所以，我一定會讓她完蛋。看著吧，我遲早會讓她見識到我愛的威力。（用力按壓因生氣而通紅的眼睛）

畫面跳轉，電話已掛斷，隊伍前面只剩下兩個人。

但是，正在使用機器的男人沒有要離開的意思，操作機器的動作也十分緩慢。機台上堆著好幾本存摺。昌熙快瘋了。旁邊那

台機器的隊伍移動十分快速，就昌熙這邊的隊伍一動也不動。昌熙盯著男人的後腦勺，然後深呼吸看向別處……像是在冥想一樣，閉起眼睛壓抑怒火。這時，站在後面的男人（六十多歲）拍了拍昌熙。

男人　　不好意思……

回頭看的昌熙臉上。

51　　市區一隅（白天）

琦貞和振宇似乎剛吃完午飯，正在回來的路上，兩人有說有笑。

琦貞　　我本來就是一到十點就會直接睡死的人，但是那天過了凌晨兩點，我還是很有精神。酒一口接著一口，差點就要對那個人（模仿）拋媚眼了。我太喜歡他了。四不像的媚眼。

振宇　　NoNoNo，不可以拋媚眼。這個地球上已經沒有人在拋媚眼了。這種人早就滅絕了。都什麼時代了，還拋媚眼啊。

琦貞　　就是說啊！！

金理事、李組長與恩菲等五、六人成群結隊地走在前面，
恩菲回頭瞥了一眼，十分火大似地，一步步搶在前面率先走
掉。

李組長察覺到恩菲的情緒，悄悄回頭看了眼琦貞和振宇。

琦貞和振宇和樂融融。李組長心中升起奇妙的感覺，看了一眼
後便離去。

琦貞和振宇沒有察覺，依然談笑風生。

52   咖啡廳前（白天）

昌熙一臉淡然，坐在窗邊看手機。

他把手機移開，靜靜不語，忽然露出淡淡一笑，和稍早截然不
同的氛圍。

就這樣坐著，賢雅從旁邊走進來。

兩人一邊走向櫃台，一邊說著「來了！要喝什麼？」。

53   咖啡廳（白天）

昌熙和賢雅再次回到座位，把飲料放在桌子上。

昌熙說話的樣子真的不怎麼激動，

但賢雅聽完之後，卻是一副血壓上升、無法接受的模樣。

昌熙　聽說鄭前輩就這樣吃下三間便利商店，簡直就是家族企業，女兒負責提供情報，爸爸負責執行。明明都在同一間公司上班，有的人就只能領死薪水，有的人則把自己當成企業家。我應該要向她學習才對，但就是覺得討厭，只有我學有什麼用？我爸又不想學。

賢雅　幫我安排一個工作吧。鄭雅凜？只要一個月我就會讓她說不出話。那女的知道一般人不會隨便那樣做，所以才會一直做出那種事。遇到我這種不受控制的女人才能讓她搞清楚狀況，叫她走著瞧吧。

　　　瞬間，賢雅本來要搶走昌熙的手機，昌熙「欸嘿」一聲拚命保住自己的手機。

昌熙　我還沒說完呢。

賢雅　（深呼吸）好吧，我就來聽聽看，你要炫耀什麼？有什麼好炫耀的？

昌熙　……我在很生氣的狀態下去領錢。

54　ATM機台區域（白天）－回憶

　　　隊伍前面只剩下兩個人，昌熙繼續等待。

昌熙　（E）今天怎麼這麼多第一次領錢的人啊？速度好慢……

每次應該只能領一筆吧，如果要領很多次，就得再重新排隊啊。堆一疊存摺在那邊，比烏龜還慢⋯⋯被氣死原來就是這樣⋯⋯

昌熙深呼吸。

昌熙　（E）「再這樣下去就要出事了⋯⋯」簡直就是屋漏偏逢連夜雨，偏偏在這種時候遇上這種事。以前有個朋友跟女朋友分手，然後就開始灌酒，說今天一定要喝個爛醉，結果跟隔壁桌一言不合打起來，最後鬧到警察局去。去了才知道，原來隔壁桌的人今天也想把自己灌醉。一定是這樣的發展，物以類聚是一種法則，差不多程度的人永遠都會一起闖禍。（昌熙一臉正在冥想）小心一點⋯⋯一個不小心就會惹到像我一樣想要揍人的傢伙⋯⋯小心點⋯⋯我正這麼想時，後面有一個人拍了拍我。

昌熙回頭看，是個溫和地說著話的男人（六十多歲）。

昌熙　（E）對方說自己的公車好像馬上就要來了，問我能不能讓他先領錢。好像是座席公車，每二、三十分鐘才來一班。（昌熙表情僵硬）終究還是⋯⋯遇到了啊⋯⋯

昌熙板著臉看向男人。

昌熙　（E）不管怎麼理論，對方好像都不會放棄。

最後，昌熙面帶微笑往退後，鄭重地伸出手，請對方走到前面。

男人說了一句「謝謝」，然後就站到前面。

往後退的昌熙莫名地看起來更可憐了。

55　咖啡廳（白天）

賢雅冷淡地看著昌熙。

賢雅　這就是你要炫耀的事？

昌熙　……（微笑）

賢雅　……（讓昌熙交出手機的手勢）叫鄭雅凜出來，我要跟她見一面。

昌熙拿著手機站起來，賢雅跟著起身，叫他交出手機。

那個男人在機器前辦事，昌熙就站在後面。
辦完事情的男人急忙跑出去，昌熙走到機器前。
看到螢幕上的畫面，昌熙的表情瞬間變得平靜。

昌熙 （E，平靜）大概是擔心趕不上公車，所以他急忙就跑出去，這讓我看到了他的存摺餘額。

〔INS. 機台螢幕：餘額不足，無法領取五萬韓元。〕

昌熙 （E）因為餘額不足，所以領不出五萬韓元。

昌熙靜靜地看著那個畫面。
接著畫面立刻回到初始畫面。
昌熙看向男人急忙跑過去的那一邊。
就這樣──

男人 （E，在後面）快一點。

按下機台按鈕的昌熙表情平靜。

57　街頭一隅（白天）

昌熙和賢雅慢慢地走在街上。

昌熙　　我覺得「有讓步真是太好了……」，讓我的心情比較舒暢
　　　　一點。

賢雅　　（本來生氣的臉消沉下去）

昌熙　　這不是「生活中也有這種人」這樣的問題，這麼想會對
　　　　不起那個人。我是那種會把別人的不幸當作安慰的差勁
　　　　之人，但我不想這麼對待那個大叔。連五萬韓元都領不
　　　　出來了，要是連公車都錯過的話，那有多慘啊。我輕鬆
　　　　地讓位給他，雖然也不是輕輕鬆鬆啦，但是因為我讓位
　　　　給他，他應該就不會錯過公車……

賢雅　　……

昌熙　　我對於這種時機總是奇蹟般地敏銳，這種應該要讓步的
　　　　時機。我總是像瘋子一樣狂奔，然後再莫名地回到原
　　　　位，周圍的人就這樣經過。

賢雅　　……

昌熙　　我……的命運似乎就是這樣，像毛毛雨一樣。

賢雅　　？

昌熙　　雖然不像大江大海那樣，擁有屬於自己的巨大水流，但
　　　　是跟毛毛雨一樣，不知不覺也浸潤了許多人。

賢雅　　……

昌熙　　口袋也差不多就這麼深。

賢雅	……毛毛細雨，真不錯。
昌熙	……（笑出聲）
賢雅	不過，不要忘記鄭雅凜。
昌熙	（笑著，加快步伐）你有帶履歷表吧？
賢雅	嗯。（從包包裡拿出履歷表）

到了便利商店門口，昌熙開門讓賢雅進去，賢雅一邊說「您好」一邊走進去。「哎呀！」高興迎接客人的聲音傳來。昌熙本來想直接進去，後來先撕下過季的海報才走進去。

58　　邊尚美的便利商店（白天）

正在整理東西的邊尚美滿臉慈愛，視線輪流看著賢雅以及她的履歷表。

昌熙把撕下來的海報扔進垃圾桶。

昌熙	這個宣傳活動已經結束了。
邊尚美	本來想要撕掉的。（看向賢雅）幹嘛還帶履歷表呀？你可是廉代理的女朋友呢。
昌熙	我也不敢保證，還是要請您仔細看一下。
邊尚美	（看著履歷表）智賢啊，名字挺不錯的。
昌熙	（把履歷表搶過來看，確認有無不實之處。打開自己的手機，確認手機儲存的賢雅號碼和履歷表上的號碼是否一

致，就在這時──）

邊尚美　什麼時候可以開始工作？

賢雅　今天就可以。

昌熙　5885。哦，（將履歷表遞給邊尚美）尾數很不錯呢。

賢雅　好歹背下來吧！我把你的電話都背起來了。

邊尚美　（出乎意料）廉代理連女朋友的電話都背不起來嗎？

昌／賢　（有點心虛，差點被揭穿）

邊尚美　（對賢雅也感到意外）這對情侶真酷啊。

這時有客人進來，眾人停止閒聊，進入工作模式。

昌熙走進收銀台，邊尚美和賢雅負責商品陳列。

59　　車站附近·便利商店門前（白天）

便利商店的店長看到貨車上裝滿的空瓶後，面露難色。

店長　我這裡不能收這麼多，有規定每人每天只能回收三十
　　　瓶。你應該喝完就要拿過來呀。

具先生　……

店長　這些瓶子該怎麼辦啊！

60　廢物回收處（白天）

貨車的後車廂沒放什麼東西，一處角落堆著具先生帶來的袋子，裡面裝了酒瓶。廢物回收處的負責人給了具先生兩萬八千韓元左右的錢。具先生僅低頭示意，爬上貨車。

61　村莊一隅（白天）

（把貨車停好後）拿著便利商店的袋子，從工廠那邊走過來的具先生。
斗煥身穿運動服，騎著摩托車過來，從摩托車上下來。

斗煥　您好。
具先生（從袋子裡拿出東西，扔過去）給你！

搞不清楚狀況的斗煥伸手接住，仔細一看，是堅果類的下酒菜。不知道具先生為什麼要給他這個。

具先生　我把酒瓶賣掉了。

那是用那筆錢買的下酒菜，具先生以手勢做出和解的意思，又丟了一個。

具先生　這是給你朋友的。（往回家的方向走）

斗煥　謝謝！

斗煥偷偷走到具先生家的牆邊，蹦蹦跳跳地想要往房裡看。

斗煥　真的都賣掉了耶……

62　具先生家（白天）

具先生回家才拿起手機看，發現美貞傳來的照片及訊息。

〔INS. 美貞拍的照片中，是夜晚仍開著燈的具先生家。〕

下面是美貞的訊息：

「住在那裡的男人，那個時間正在做什麼呢？」

63　美貞公司・辦公室＋具先生家（白天）

\#美貞正在工作，手機震動，拿起來看。

「應該是在喝酒吧。」具先生的回訊。

美貞綻放微笑，打下訊息……

\#手機震動，具先生拿起手機看……

美貞　（E）「收到你的訊息，就像是有人匯款到我的存摺裡一樣，心情很好。」

看著訊息的具先生感覺心情越來越平靜……

#志希一邊擦護手霜，一邊看螢幕，心情美妙的美貞瞬間忘掉跟志希之間的尷尬，若無其事地開口說：

美貞　　我們快遞服務的電話號碼是不是換了？是幾號啊？

志希　　！（有點驚慌）等一下，（到處翻找）這裡。

美貞　　謝謝。（本來想在座位上等待）有一股味道很好聞耶？

志希　　嗯？啊，是我的護手霜，（給美貞看）這個。

美貞　　（打開聞了聞香味）很好聞耶。

志希　　喜歡嗎？我買一個送你？

美貞　　不用啦。

志希　　又不貴，我買給你。（擠在美貞的手背上）你先擦擦看。

秀珍坐在位子上看著這一幕。特寫寶蘭的眼神。

64　　具先生家（白天）

#具先生趴在地上，用抹布（毛巾）擦拭地板，結束家事的時候，抹布變得很黑，沾滿厚厚的灰塵。

#洗黑色的抹布，把抹布抖了抖，再繼續擦拭客廳。

#靜靜地站在水槽邊、拿著手機的具先生，忽然發出咔嚓一聲。

#一邊聞著手背上的香味、一邊工作的美貞，聽到震動聲，拿

121

起手機確認。

具先生傳來照片。

〔INS. 變乾淨的客廳照片，還有房間的照片。〕

下面是具先生的訊息。

具先生（E）時隔百萬年，終於打掃家裡了。在變得乾淨的房子
裡，你覺得我還要做什麼？

輸入答覆的美貞。

#閱讀中的具先生。

美貞　（E）當然是喝酒啊。

具先生（輕笑）

65　　車站附近・便利商店（白天）

具先生正在等待，美貞走出車站。

兩人都帶著輕鬆的表情看向對方。

兩人一起走進便利商店。

66　行駛中的村莊公車內（白天）

美貞和具先生分開來坐。
手上各自提著一個袋子。具先生的肩膀上掛著新買的拖把。
看著窗外的風景。

67　具先生家（晚上）

具先生和美貞喝著啤酒。

具先生　今天一整天，好不容易我才督促了自己，就像在趕牛一
　　　　樣。
美貞　　（微笑）
具先生　整個冬天，我都被困在那間屋子裡喝酒……喝著喝著就
　　　　開始想睡覺……但是中間放著酒瓶，所以我就（用手推
　　　　開的樣子）像這樣騰出空位，然後就可以睡覺了。但是
　　　　我實在懶得往那邊推，所以乾脆把燒酒瓶放在中間，我
　　　　就像抱著一顆蛋一樣，彎著身體睡覺。
美貞　　……

具先生 把酒瓶都收拾乾淨……（該怎麼說呢？）就像是要我從墳墓裡爬起來，幫自己掃墓一樣，這是一件很悲慘的事。我躺下看著那些酒瓶，就覺得……「終於到人生盡頭了……再也回不去了啊……」

美貞 ……

具先生 明明花了百萬年也做不完的事情，今天全都解決了。我能好好睡一覺嗎？還是會睡不著呢？

美貞 ……（輕笑）

具先生 ……（喝一口酒）

美貞 ……我不會問你發生過什麼事，也不會問你曾經受過什麼傷害，怎麼會來到這個社區酗酒度日。就算你不懂韓語也不懂ABC都無所謂。我不會阻止你喝酒。然後，我也不會糾纏你，反正我說結束的時候就結束。

具先生 ！（微笑）很帥嘛！

美貞 （微笑）

具先生 （喝著酒，突然）我開始崇拜你了！

美貞 我感覺不到，好像有點弱啊。

具先生 ……（可能有點尷尬，轉頭喝酒）

特寫兩人的樣子。

68　溪流附近（白天）

似乎是農事的休息時間，戴著袖套及帽子，全副武裝的昌熙及斗煥展開唇槍舌戰。美貞坐在一旁休息。具先生走到稍遠的地方喝著水。

昌熙　如果我能跳到那邊，你要給我多少錢？

斗煥　我為什麼要給你錢？

昌熙　我都說我會跳了！

斗煥　那你跳啊！

昌熙　（為了確認距離走過去）啊，真是的。（對具先生說）在我起跑之前，給我一點訣竅吧？

具先生　別跳。

昌熙　為什麼？

具先生　你如果想要越過那邊，一百公尺至少要跑到十一秒，還要加速。

昌熙　……十二秒整呢？

具先生　（嗤之以鼻，轉頭）

斗煥　十二秒也可以的意思？

昌熙　可以的！（看著溪流，繼續走）我一定可以跳過去，輕輕鬆鬆。

斗煥　就是啊，試了才知道吧！

美貞　不要啦！！

具先生　（瞥了一眼擔心哥哥的美貞）

斗煥　（嘿嘿）你要走到哪裡啊！

昌熙　（繼續走）

斗煥　你要走回家嗎？（嘿嘿）

　　　停下腳步，滿臉悲壯地看著溪流的昌熙。

美貞　（站起來）就跟你說不要跳啦！

69　具先生家（白天）

　　　具先生安靜的家裡，手機響起震動，好像是有人打電話進來，
響個不停。

　　　響了一陣子後，電話掛斷，接著開始有訊息進來。

　　　螢幕上顯示第一行的內容……

　　　「具子敬，快接電話。」

　　　「你到底躲去哪裡了？」

　　　「現在是我們行動的時機，我們該動起來了。」

　　　「不要再躲了！」

70 溪流附近（白天）

昌熙全速前進，絲毫沒有停下的打算。

眾人一臉不可置信。

昌熙幾乎快要抵達溪流之際，具先生似乎已經從他的速度預先看到了結局。

具先生（自言自語）不行。

但是，昌熙姿勢瀟灑地跳了起來。

雖然瀟灑地跳了起來，但是往下降落時，卻從眾人的視野中消失了。

噗通一聲，全身濕透的昌熙從溪流中站起來。

「呃啊！」溪水太冷了，他不禁發出一聲怪叫。

嚇了一跳跑過去的美貞發火說：「就叫你別跳了！」

具先生看著美貞。

「真的覺得很開心的時候，心臟反而好像跳得很慢。這似乎是我第一次出現心臟不緊張的感覺？」

1 村莊風景（白天）

隨著斗煥的吉他樂聲，公車行駛在悠閒的村莊裡。

具先生和美貞汗流浹背地務農。

稍遠處，濟浩和慧淑互相配合著工作。

庭院裡，琦貞把手洗過的襯衫掛上衣架，然後掛在晾衣繩上，水珠一滴接著一滴落下。當她看到遠處田裡的美貞和具先生時，露出不高興的表情。

具先生朝美貞扔一瓶水，這是在田裡務農的人之間會有的小舉動，不知為何卻顯得意義十足。

畫面跳轉，庭院裡的琦貞喝著冷飲，表情悶悶不樂。

從田間回來的慧淑經過琦貞面前。

慧淑　大家都在幫忙，就你一聲不響坐在這裡……真是沒良心……（進去家裡）

琦貞　（委屈，嚥下想說的話）他們可不是在工作！（縮小音量）明明就是在談戀愛。

2 咖啡廳前（白天）

政勳打開咖啡廳的門，要出來時突然停下腳步。

政勳　啊……好熱……

斗煥從後面追出來，看到政勳的車子停在陽光下，急忙奪走政
勳的車鑰匙，走向政勳的車子。這時政勳後面出現兩名年輕女
子（同事教師，郭老師、崔老師）。斗煥在烈日下打開所有車
門，讓車子裡的熱氣散發，接著發動引擎，其他人站在門廊的
陰影下。

斗煥　你應該要把車停在陰涼處啊！

政勳　剛才還有影子的。

斗煥　當然不能直接對著陰影啊！是出來的時候才要對著陰影。

政勳　你怎麼知道？

斗煥　你連太陽下山的方向都不知道嗎？等一下這片陰影還能
　　　往哪裡去？

政勳　（敷衍）去它想去的地方吧。（環顧四周景色）這裡下雪
　　　的時候，在雪中烤肉來吃，那真是絕配。觀賞四周一片
　　　雪白的景色……用篝火烤肉來吃……這裡是哪裡……真
　　　陌生……還是該說是溫馨……

郭老師　（環顧四周，想像著）一定很棒……（對著斗煥說）請務
　　　必找我們一起來烤肉。

斗煥　（為了釋放熱氣，反覆打開又關上車門，似乎很滿意這個
　　　提議）當然了。

郭老師　一定要喔。

斗煥　好。

畫面跳轉，政勳坐在駕駛座，崔老師坐在旁邊，郭老師坐在後座。

鄭／崔 我先走了。／我走囉，再見。

郭老師 假期結束後，在學校見吧。

斗煥 好的，請慢走。

政勳的車子開動，郭老師在車裡揮手。斗煥點頭示意，隨意地揮了揮手。車子逐漸遠去，斗煥原本開朗的表情變得苦澀，安靜地轉身。

3　　斗煥咖啡廳（白天）

斗煥彈吉他，氣氛有些淒涼。

4　　家・客廳和廚房（白天）

（昌熙不在）眾人圍坐在客廳地板上的桌子，全家人跟具先生一起吃晚飯。眾人一語不發。

濟浩 （好像非常掛心）為什麼你不收在田裡幹活的錢？

慧淑 （第一次聽說！）

琦/美　（已經知道／只顧著吃飯）

具先生　（停止吃飯）因為我是喜歡才做這個工作的。

濟浩　　就算這樣也是受雇於我們，怎麼可以不拿錢？快收下。

具先生　真的，我是因為喜歡才繼續做的。

慧淑　　但是從我們的立場來看，不能這樣，必須準時支付薪水
　　　　……

琦貞　　（OL，目光連看都不看，埋頭吃飯）他不是已經說了，他
　　　　是因為喜歡這個工作才做的。這不是好事一件嗎？人家
　　　　在做自己喜歡的事情，你們幹嘛一直逼人家收錢。

　　　　濟浩和慧淑不明白為什麼被責備，具先生不置可否地吃著飯，
　　　　美貞則是一副安靜忍耐的表情。

5　　　家・客廳和廚房（白天）

　　　　美貞用拖把打掃客廳，琦貞一臉不悅地洗碗。
　　　　慧淑拿著籮筐走出去後・美貞才盯著琦貞看。

琦貞　　幹嘛？

美貞　　（強硬）總是這樣。

琦貞　　（微微震了一下）我拿到刀把了。喂，你有沒有在看啊？

美貞　　（拖地）

琦貞　　怎樣？在社區裡跟社區的男人談戀愛是什麼感覺？跟和

首爾人談戀愛一樣嗎？在社區裡悠閒地談戀愛啊？（一邊洗碗一邊嘮叨）還以為要每天辛苦搭公車，轉地下鐵到首爾才能遇到男人，沒想到在這樣的田裡也能遇到男人。從經濟層面上來說挺划算的啊？甚至還讓對方在家裡吃飯？

一邊嘲諷一邊回頭看，這時慧淑兩手空空走進來，琦貞趕緊再次動手洗碗。美貞仍然繼續拖地。慧淑拿著刀走出去。

6　村莊一隅（白天）

斗煥就像等待新郎的新婚妻子一樣，望著社區公車駛來的方向，不斷踱步。接著，社區公車從遠處駛來，他伸長脖子靜靜看著，不知道是不是看到昌熙在車上，朝著公車站的方向慢悠悠地走去。

從停靠的社區公車上下來的昌熙，看起來又累又餓，處於情緒敏感的狀態。

他沒有看向斗煥，而是自顧自地快步走回家。

斗煥　你身材又高又瘦，從遠處就可以看到你有沒有坐在公車上。

昌熙　（瞥一眼，悶悶不樂）我也覺得你很容易被看到，因為太胖了。

斗煥　……

昌熙　我快餓死了。

斗煥　（看著直奔家門的昌熙，不知為何感到失落）你很餓嗎？

昌熙　我超級餓。

斗煥　（在自家門前停下腳步）好……那你去吃飯吧……畢竟
　　　你肚子餓了。

昌熙　（感覺有些奇怪，回頭看）走吧，我們一起去吃飯。

斗煥　（莫名想要蒙混過去）不用了，我肚子不餓。

昌熙　怎麼了？

斗煥　……

昌熙　發生什麼事了？

斗煥　……聽說，郭老師跟男朋友分手了。

7　　家・姊妹房間（白天）

　　　通話中的美貞。

美貞　我知道了。

　　　表情僵硬地掛斷手機，起身往外面走。

8 家・廚房和客廳（白天）

美貞把飯盛進鐵碗，放到托盤上，再把辣炒豬肉盛進另一個鐵碗。

9 斗煥咖啡廳（白天）

昌熙連衣服都還沒換，就開始吃美貞端來的食物，斗煥也坐在對面吃起來。美貞在廚房裡走來走去。

美貞　這裡沒有咖啡豆嗎？

斗煥　在冷凍庫。

昌熙　我要冰美式。

斗煥　我也要。（把食物大口塞進嘴裡）

昌熙　（看向斗煥）你不是說肚子不餓？

斗煥　……我只是假裝不餓，想要看起來多愁善感一點。

昌熙　……（吃飯）你應該要慶幸我已經吃了幾口飯，知道嗎？敢在我肚子餓的時候惹我你就死定了。

斗煥　……（吃飯）

昌熙　郭老師什麼時候要結婚？叫她要結就趕快結。每次復合又分手的時候，我都會跟著放棄期待……再這樣下去，你就只能等她結婚再離婚了。

斗煥　我從來沒有期待過（她分手），一次也沒有。

137

昌熙　　不用我說你也知道的吧？你沒機會啦。

斗煥　　我知道啦。

昌熙　　……

斗煥　　可是，只要聽說她跟男朋友分手的消息，我就又開始心跳加速。（微笑）

　　　　昌熙看著斗煥，似乎既同情又鬱悶。

　　　　美貞也看著斗煥，像是自言自語般靜靜地說：

美貞　　我聽不懂那句話，什麼是高興得讓人心跳加速呢？

昌／斗　？

美貞　　並不是沒有很高興的時候，但也沒有到那麼高興，（看著二人）我心跳加速的時候，通常都是狀況不好的時候，慌張的時候、生氣的時候、百米賽跑之前……都是一些不值得高興的時刻。我從來沒有因為高興而心跳加速。真的覺得很開心的時候——

　　　　〔INS. 第一場戲。白天在田地裡，跟具先生一起流汗，各自休息的模樣。〕

美貞　　（E）相反地，心臟反而好像跳得很慢。好像解放了什麼。這似乎是我第一次出現心臟不緊張的感覺？

美貞　　（把自己縮起來）大概是我太奇怪了吧！

昌熙　　（對著斗煥說）廉美貞說的才是正確答案（對）。

138   EPISODE 7

美貞 　？

昌熙 　高興的時候就單純高興，心跳加速的時候……是因為自己幹得好而能夠擁有想要的東西的時候，那是一種期待暴風來臨的心理，原本是我的東西，就該屬於我。你看到月薪入帳會心跳加速嗎？本來就是我應得的，為什麼要心跳加速？本來不屬於我的東西，我也清楚知道那不屬於我，但是我做得好的話，就能得到想要的東西時，心跳才會加速。男女關係也一樣。去問那些已婚的人，聽他們說第一眼就確定對方是自己的伴侶時，通常都是因為看到對方後覺得「（淡然）嗯，原來是你啊。」，不是心跳加速，而是「（淡然）嗯，原來是你啊。」，單純知道對方是屬於我的。這是自然而然的緣分，沒什麼好渴求的，本來就是屬於我的事物，為什麼要去渴求？你看過有錢人渴望名牌嗎？他們想買就買。當自己極度渴望某件事物時，內心深處的靈魂會知道，那件事物並不屬於我。雖然很想擁有，但知道那不屬於我，所以才會發狂。（說到一半，突然）真是，難怪我才不能開車，啊……

斗煥 　（很認真在聽昌熙說話，於是也很認真地說）那就告訴你的靈魂，你一定可以開。

昌熙 　……你自己試試看，去告訴你的靈魂，你跟那個女人有機會。你就一邊捶自己，一邊灌輸自己這個想法看看。

美貞 　（一邊泡咖啡，一邊微笑）

10　村莊・派出所門前（翌日，白天）

濟浩的貨車停駐在此。

具先生從貨車後車廂卸下更衣室的衣櫃，然後往裡面走。

11　村莊・派出所（白天）

裡面已經放置了數個搬下來的衣櫃。

濟浩（從更衣室那邊）空手走出來，

具先生搬起衣櫃，消失（在通往更衣室的方向）。

警察　（從座位上站起來）這份文件漏了一份戶籍謄本，下次請
　　　再拿一張過來。

濟浩　上次才給過，還要再給一次嗎？

警察　每次都要提供。（走出去）

濟浩　（搬起衣櫃，往更衣室的方向走）

12　村莊・鄉鎮市公所內（白天）

濟浩從服務窗口收到戶籍謄本後，說了一句「辛苦了」便轉身
離開。

〔INS. 戶籍謄本內容：只有廉濟浩、郭慧淑、廉琦貞、廉昌熙四個

人。〕

逕自走向服務窗口。

濟浩　這份文件是錯的，我家有五個人，但這裡只有四個人。
職員　（怎麼可能？重新看向電腦）是四個人沒錯啊。
濟浩　漏掉廉美貞了。
職員　（看著電腦畫面）廉美貞小姐……不久前就轉出到其他地方了。
濟浩　……轉去哪裡？
職員　這個請直接詢問您女兒……
濟浩　……！

13　村莊・鄉鎮市公所前（白天）

濟浩從鄉鎮市公所走出來。
坐在駕駛座上的具先生看到濟浩，立刻發動引擎並搖下車窗，濟浩盯著戶籍謄本，然後將其折成一半，狀似心煩地往別處看，似乎沒有想要立刻上車的意思。

具先生　！

濟浩過了一會兒才走向貨車。

14　行駛中的貨車（白天）

越來越靠近安靜的村莊。

濟浩將放在儀表板上、折成一半的戶籍謄本展開，文件隨著車子上下震動。具先生瞥了一眼，是沒有美貞的戶籍謄本。

具先生　！

看著窗外的濟浩。

15　工廠（白天）

濟浩一邊看著戶籍謄本，一邊拿出放在抽屜裡的棉製手套戴上，因為實在過於心煩，不知道該做什麼好，動作十分緩慢。具先生假裝不知情，專心做著自己的工作，但手機卻震動了起來。他沒有立刻拿出來看，而是等手上的工作都做完才看向手機。是美貞。

美貞　（E）今天會比較晚回家，因為公司裡有同好會的活動。我有說過嗎？我參加了什麼同好會？是一個叫做出走同好會的俱樂部，全都是想要解放自己的成員，總共也只有三個人，嘿嘿嘿。

美貞什麼都不知情，語氣十分活潑。

具先生把手機放下，重新上工。

16　美貞公司・電梯裡（白天）

因為旁邊有兩、三個不認識的人而竊竊私語的美貞、志希以及
秀珍等同事一行人。她們互相欣賞彼此五顏六色的美甲，討論
著哪種款式更適合關島的海灘。

志希　廉美貞，你今天一定要一起來。我今天一定要把你那光
　　　禿禿的指甲塗上顏色。

美貞　（微笑）我今天有同好會的活動。

志希　跟兩個大叔！你們三個人到底有什麼好聊的？

秀珍　今天不是才說有四個人嗎？

志希　（天啊！）這麼快就有人加入了？

秀珍　是幸福支援中心的組長想要觀摩。

全體　（天啊……）

志希　還要觀摩啊？

秀珍　一定是跟我們想得一樣！他們明明就是隨便組一組，還
　　　說是同好會。

志希　（對著美貞說）你還是趁她發現你們只是臨時組建的同好
　　　會之前趕緊落跑吧，或者乾脆如實相告，然後跟我們一
　　　起去做指甲吧。

17　美貞公司・大廳（白天）

從電梯裡走出來，就看見泰勳和向旻正在等待，香琪在一旁微笑看著美貞。

美貞低頭打招呼，然後往他們的方向走去。同事一行人正走向正門，用眼神示意美貞快過來，「來，快過來」的表情。

然而，美貞只是一邊跟他們聊天，一邊慢吞吞地走著。

同事一行人先走出去，然後露出「天啊」的表情。

18　琦貞公司・辦公室（白天）

琦貞蜷縮在桌子底下，把不要的物品放進箱子裡，要帶走的東西則放進大購物袋。桌上及桌子底下都塞了許多物品，已經有一包打包好了。

琦貞　（把書嘩啦啦地翻開瀏覽，然後放進箱子裡）扔掉。（再次）扔掉。（再次）扔掉。（把想帶走的書放進購物袋）

素英　終於開始整理了嗎？（看著已經打包好的東西）你早就該要分次拿走。

琦貞　你以為我家很近嗎？你知道我每次搬這些東西爬樓梯，都想當場丟掉嗎？簡直想把我整個人直接丟掉走人。（整理的時候又再次說）扔掉，都扔掉。

畫面跳轉，有若干已經整理好的物品，琦貞坐在位子上通話。

琦貞　你過來我們公司這邊啦！我東西很多，一個人拿不動。
　　　（停頓）什麼同好會？什麼時候結束？（好像覺得太晚）
　　　真是的……（猶豫是否要等對方）

19　餐廳一樓（晚上）

向旻像是陷入了思考，凝視著某處說話。

向旻　除了呼吸之外，我做的最多的事情就是看錶。我總是動
　　　不動就看錶。我會一邊覺得「已經這個時間了嗎？怎麼
　　　這麼快？」一邊看一整天的手錶。一天二十四小時，上
　　　班、下班、吃飯、睡覺，每天生活作息都一樣，為什麼
　　　還要一直看錶呢？（仔細思考原因）雖然總有一種必須充
　　　實度過每一天的壓力，但是什麼都沒有好好做完……就
　　　只是一直在看錶，然後一直被追著跑。（安靜下來）察覺
　　　到自己一生都是這樣時，心跳竟然就稀奇地變成噠、
　　　噠、噠。在這之前，我的心臟一直都是噠咻噠噠噠噠
　　　……發現這件事就花了我五十年的時間，真是……（沉
　　　靜地深呼一口氣）

泰勳和美貞垂下目光，靜靜地聆聽。

145

香琪抱著想要幫忙的想法，專心聽了一下子。

香琪　　我也是這種人耶。大家是不是多少都會給自己壓力呢？
　　　　但是部長從來不會浪費一分一秒，總是非常精打細算地
　　　　安排時間，現在也是公司內部的核心人物了吧。（微笑）
向旻　　……我們同好會的規定，就是「不給予建議，不安慰他
　　　　人」。
香琪　　啊，好的。（有點尷尬）
向旻　　（收尾）雖然時間沒辦法完全解放，但是工作量達標就去
　　　　休息，睡到足夠的時間就起床，像這樣擁有自己的節
　　　　奏，大概就是我最需要的解放吧……所以就決定是「按
　　　　照自己的節奏……」。

　　　　香琪點頭。
　　　　桌上，向旻翻開的出走日記本上寫著：「我的目標：按照自己
　　　　的節奏……」
　　　　標題下方詳述目標內容。

向旻　　（看手錶）就這樣，我的時間結束了。
香琪　　？（看著大家的臉色，想知道那是什麼意思）
向旻　　我們決定把時間明確分配成Ｎ分之一，不然就會變成像
　　　　我這樣多話的人一直在自言自語。
香琪　　啊，真不錯。

香琪露出尷尬的微笑看向美貞和泰勳，填補沉默的空白。

香琪　（看著泰勳）下一位是……

泰勳　（微笑……）

香琪　（似乎很想一睹泰勳筆記本的內容，雙眼閃閃發亮，伸出手）我可以……看看嗎……？

泰勳　（推出去）好的。

香琪低頭表示感謝，接過筆記本打開一看，露出了「嗯？」的表情。定睛一看，上面寫著「擺脫***的感覺」，中間那三個字被塗黑。香琪看向泰勳。

泰勳　（微笑）我怕被別人看到。

這時，美貞的手機畫面無聲地亮起來，有電話打進來。她趕緊按下按鈕，把畫面關掉。

向旻　好像一直有人打電話給你，要不要休息一下再繼續？

泰勳　要嗎？

美貞　（感到抱歉）不用，沒關係。

向旻　我們休息十分鐘再繼續吧。

泰／香　是的。／好吧。

向旻率先起身，泰勳也跟著站起來。

147

香琪　（露出滿意的表情，對著美貞說）真不錯呢。親自參加過之後，我了解這個同好會在做什麼了。（指著美貞的筆記本）廉美貞小姐的「喜歡的人」也很棒。真不錯啊，出走同好會。

這時，美貞的手機螢幕又亮起來，有電話打進來，她馬上轉頭接起來。

美貞　喂。

電話另一邊傳來不小的聲音，
美貞快速按下按鍵，把音量調小。

20　　一樓餐廳前（晚上）

琦貞一邊揹著許多行李（編織購物袋），一邊對著電話發脾氣。

琦貞　（煩躁不已）我從剛才就一直打給你，為什麼現在才接？你給我出來！我叫你出來！你不是說九點結束嗎？

泰勳在店家前面抽著電子菸的部長旁，一邊做伸展運動一邊看著手機，視線隨著琦貞的聲音移動，看見一個背對他的女人。

琦貞	（E）都已經九點了，你快點出來。我已經很累了！你就直接說你家很遠，然後離開不就好了？少一個人會怎樣？
琦貞	（聽到一半突然）什麼同好會只有三個人啊？我正好準備了露宿街頭的工具（編織材質的購物袋以及一堆用塑膠袋裝起來的拖鞋），是不是要我乾脆露宿在這裡？

泰勳一邊說「不好意思」一邊拍了拍琦貞的肩膀。正在對手機發脾氣的琦貞回頭一看，見到是泰勳之後嚇了一跳。

琦貞	什麼跟什麼啊。哎呀。啊。
泰勳	（跟著被嚇到）對不起。（嚇到你了）
琦貞	您好。哎呀，您怎麼會在這裡？
泰勳	我有聚會。
琦貞	天啊，沒想到會在這裡見到您，我正在等美貞，今天東西太多了，我們本來約好下班後一起回家，結果她說要參加什麼同好會。她以前明明不會參加這種社團，不知道是哪裡不對勁，（突然大聲）哎呀！！你們一起參加的嗎？
泰勳	（尷尬）是的。
琦貞	啊，啊。（突然生氣）她為什麼不！（「把話說情楚」，又馬上變得溫和）啊，原來你們一起參加同好會啊。
泰勳	（對著遠方的向旻）這是廉美貞小姐的姊姊。

聽到這句話，向旻趕緊立正站好，用全身的姿勢打招呼。
琦貞也打招呼，這時美貞從裡面出來，走向琦貞。

泰勳　我們馬上就結束了，您要不要進去等？裡面比較涼。

向旻　（看著錶）進來吧，很快就結束了。

琦貞　那就這樣吧！

泰勳說「請交給我吧」，然後拿走琦貞身上的袋子，瞬間嚇了
一跳，手臂重得像是要掉下來。遠處的向旻也跟著嚇一跳。美
貞趕緊走過去，一起接過袋子。

琦貞　都是一些跟磚頭……一樣重的書。

21　　一樓餐廳（晚上）

琦貞在入口處坐下。

琦貞　你們慢慢來。

香琪坐在座位上，伸長脖子看著琦貞。
泰勳、向旻與美貞重新回到桌子前坐下。

泰勳　（低聲說）她在等你，不然我們今天先這樣吧？

琦貞　（整理東西之後想要坐下來，一聽到這句話，又立刻站起來）沒關係，沒關係，你們繼續進行，慢慢來，真的不用顧慮我，慢慢來就好。

琦貞坐下，裝作在看手機，然後安靜地從包包裡拿出皮鞋換上，接著又假裝桌子沾到什麼東西，不停地動來動去，悄悄靠近他們那張桌子，移動了一張桌子左右的距離。
畫面熔接後，安靜的室內響起安靜坐著的泰勳的聲音。

泰勳　我小學五年級的時候，我爸爸去世了，六年級的時候……我媽媽也去世了。媽媽的葬禮結束後，我就回學校上課，但是有人故意讓我跟某個同學打架，跟一個絕對贏不了我的傢伙（輕笑）。那個人身材高大，可是不知道怎麼運用力氣，不過……氣氛卻很奇怪，我有一種我應該要輸的感覺，所以……我就讓他贏了。（落寞的微笑）原來沒有爸媽這件事，是這種感覺啊……爸爸去世的時候，我好像少了一隻手臂，後來連媽媽也去世了……好像兩隻手臂都不見了。

全體沉默……

泰勳　（露出淡淡的微笑，靜默）我很害怕……萬一……連我女兒也……覺得自己少了一隻手臂……（說不出接下來的話）

151

香琪雙眼通紅，發出啜泣的聲音，匆匆拭去眼淚。

聽到這些話後，琦貞滿臉通紅，表情悲憤。

22　　泰勳村莊一隅（晚上）

泰勳踏著蹣跚的步伐回家。

在那條路上，比同齡人更嬌小的宥林揹著書包走過來。

泰勳停下腳步，露出明亮的笑容。

泰勳　　現在才回家嗎？

宥林面無表情，目光往下看，以同樣的視線及表情從泰勳面前
走過。泰勳看著宥林從自己面前走過，臉上帶著淡淡的微笑。

泰勳　　感覺你今天變得更漂亮了耶？

宥林就這樣走過去。看著這樣的宥林，泰勳跟在後面。

泰勳　　（E）她年紀還小的時候，我從來沒有在下班之後走路回
　　　　家過，都是用跑的回去，因為太想快點見到她。每當我
　　　　跑進家裡的時候，小傢伙就會發出呀呀呀的叫聲，然後
　　　　在原地……打轉。

〔INS. 小孩發出啊啊啊的叫聲，在原地打轉。或者只發出啊啊啊的聲音。〕

冷淡地走在前面的宥林。
似乎是想起了從前，泰勳孤獨地保持距離，跟在宥林身後。

泰勳　（E）那時候，我們兩人都很開心，感覺好像可以衝破天空。

宥林無法想像曾經的那段時光，面無表情。

泰勳　（E）爸媽去世之後，我感覺自己變得很脆弱。只有從這種感覺中解放，我的女兒也才能克服⋯⋯

23　泰勳家・泰勳房間（或者辦公室）（白天）─回憶

泰勳在筆記本上寫下「我的目標：擺脫很脆弱的感覺」，然後靜靜地凝視著，接著把「很脆弱」三個字塗黑。

24　行駛中的地鐵裡（晚上）

位子前面擺滿袋子的琦貞和美貞。

琦貞再次換上舒適的鞋子，

既悲傷又生氣的臉龐，湧現懲罰的欲望。

琦貞　曹泰勳的電話號碼是多少？

美貞　（轉過頭，面露不滿）

琦貞　這個問題怎麼了？

美貞　（保持沉默）

琦貞　（生氣）那人是我朋友的弟弟！！（不只是你公司的同
　　　事！）

美貞　……

琦貞　（怒火熊熊燃燒）一定要找出那些滋事的傢伙，我不會放
　　　過那些人。

25　　熙善的店（晚上）

沒有客人的店裡，景善和熙善面對面坐著喝酒，聽到門鈴聲後
回頭一看，宥林走了進來，接著是泰勳走進來，熙善高興地站
起來。

熙善　你們來啦！

景善　（坐著）回來啦！

熙善　肚子餓不餓？要不要幫你們做點吃的？

宥林一聲不吭地跑上樓，景善瞥了宥林一眼。

熙善　（對著上樓的宥林說）冰箱裡有西瓜，洗澡完來吃點西
　　　瓜！

　　　泰勳一進來就把空酒瓶箱放在外面，然後忙進忙出。
　　　景善看著泰勳，繼續喝酒。

　　　畫面跳轉，（熙善在廚房）泰勳也坐到景善面前，痛快地喝起
　　　啤酒。

景善　我……很害怕自己身邊出現重要的人。她又不是我的小
　　　孩，只是我的姪女，萬一她身上發生什麼事情該怎麼
　　　辦？連我都這麼害怕了，你又要如何是好……

泰勳　……

景善　能夠忍受這種恐懼的你……真厲害。

泰勳　（不想聽的樣子）就努力生活吧，遇到什麼事情都必須過
　　　下去。

　　　泰勳一口氣喝完啤酒，起身上樓，熙善從廚房拿來下酒菜。

熙善　多喝一點啊？（走向桌子）

155

26　家・主臥（晚上）

關燈的房裡，濟浩閉著眼睛斜躺著，
大門打開的聲音。琦貞和美貞走進來的聲音。

美貞　（E，低聲）我回來了。

27　家・客廳和廚房（晚上）

琦貞和美貞提著一大堆東西走進房間。
慧淑在水槽換泡蘿蔔的水，用疑惑的眼神掃了大包小包的兩人
一眼。換完水之後，把客廳的燈關上，留下一盞小燈，走回主
臥室。
換完衣服的美貞從房裡出來，走進廁所。

28　家・主臥（晚上）

能看見慧淑躺在斜躺的濟浩背後。
濟浩靜止不動。

29　家‧外景（第二天，早晨）

30　家‧客廳和廚房（早晨）

　　穿著上班衣著的昌熙及琦貞從各自的房間走出來。

　　濟浩和美貞在餐桌旁吃早餐，

　　昌熙和琦貞說：「我出門了！」打完招呼後便走出去，

　　站在瓦斯爐旁邊的慧淑說：「路上小心。」

　　濟浩和美貞只是默默吃飯，

　　片刻後，慧淑才把煮好的鍋巴湯拿出來，也坐下吃飯。

濟浩　（吃著飯，眼神沒有看向美貞）你把戶籍地址遷到哪裡
　　　了？

美貞　！（忐忑不安）

慧淑　……什麼意思？

濟浩　戶籍謄本上沒有你啊。

美貞　（壓抑著緊張的心情，故意做出若無其事的樣子）啊，
　　　（然後又閉口不語，應該要說些什麼）朋友……叫我遷去
　　　他家。

濟浩　為什麼你朋友要這麼做？

美貞　（花了一點時間思考）那個朋友……正在申請破產……
　　　沒辦法簽租屋合約……所以請我代替他……

慧淑　你瘋了吧？

美貞　……

濟浩　……（決定相信這個說法）遷回來吧。

美貞　……

濟浩　不管你跟這個朋友的關係有多好，都不能答應這種請求，不要留下有法律效益的文件。

美貞　……

慧淑　你還真是什麼都不怕，什麼事都敢做。那種人會拿走你的印章，要你當要保人……別繼續跟那種人來往。

美貞　……

美貞繼續吃飯，臉上一片慘白。

31　村莊一隅（白天）

#臉色依然慘白，往社區公車站方向走去的美貞。
#站在社區公車站前發呆的美貞。
#站在遠方的工廠門口，看著美貞的具先生。

32　昌熙公司・辦公室（白天）

昌熙打開筆記型電腦工作，手指快速移動，這時，雅凜把椅子拉到昌熙身邊，坐下。

雅凜　我爸爸的那個門市，管理起來會不會不方便？

昌熙　（工作中）哪有什麼不方便的？不要緊。

雅凜　讓我來做吧！交給我來管，怎麼樣？

昌熙　不用啦，還是我來做吧。

雅凜　門市店長是同事的爸爸，你不覺得這樣有點彆扭嗎？

昌熙　有什麼好彆扭的？我把所有門市的店長都當成我爸媽。

雅凜　（氣鼓鼓的樣子，像在自言自語）我爸爸⋯⋯很難搞啊
　　　⋯⋯

昌熙　我爸爸也不好惹。（繼續工作）

33　餐廳（白天）

一邊吃飯一邊低聲對話的昌熙和敏奎。

昌熙　她瘋了嗎？我怎麼可能把那間門市交給她？那裡每天的
　　　銷售額是多少啊？她想把那間門市劃進自己的管轄，到
　　　底想幹什麼？我早就看穿她為了晉升，肯定會跟她爸爸
　　　串通好，訂購大量新產品，再搞一堆花樣。她以為只有
　　　她會這樣想嗎！

敏奎　鄭前輩本來想輕鬆創造業績，爭取晉升高位，沒想到被
　　　廉昌熙攔截了呢。

昌熙　⋯⋯當然要攔截啊，那本來就是我的位置。

敏奎　（嗤笑）鄭前輩也是某個男人的理想型吧？畢竟她會賺

159

錢，也很有手腕。

昌熙　我百分百不會跟那種人變成朋友，肯定也會是我極度討
　　　厭的人，用膝蓋想就知道。

敏奎　（呵呵呵）

34　琦貞公司・辦公室（白天）

　　　坐在辦公桌前，被憤怒沖昏頭，努力發訊息的琦貞後腦勺。

琦貞　（E）把那些找你麻煩的名單給我吧？我可不會善罷甘
　　　休。昨天晚上，我已經通宵在腦海裡演練過了。要用什
　　　麼手段、要做什麼表情、要講什麼措辭、該怎麼做能比
　　　較痛快淋漓，我都計畫好了，你只要把名單給我就好。

35　美貞公司・泰勳辦公室＋美貞公司・辦公室（白天）

　　　泰勳正看著電腦工作，瞥了一眼手機，讀琦貞的訊息，然後回
　　　覆。

泰勳　（E，微笑）我現在跟那些人很熟。

琦貞　（E，不解）什麼？為什麼？你有什麼苦衷嗎？

泰勳　（E）那都是小時候的事情了。

琦貞 （E）年紀小是什麼免死金牌嗎？廢話少說，趕緊把名單交出來。我要對他們下詛咒！！！

泰勳看著訊息微笑，然後開始輸入：
「既然是姊姊的朋友，我們就不說敬語」，寫到這裡停了下來，很猶豫，思考好一陣子。
然而，琦貞的訊息又繼續傳來。
泰勳看著與琦貞的聊天室，刪掉稍早打下的文字，敲打著鍵盤。

泰勳 （E）不用了……我現在要暫時離開，用餐愉快。

發送這些文字之後，泰勳靜靜地看著電腦。
似乎沒有真的在看，而是在思考。
#琦貞悶悶不樂地看著手機。
在手機畫面上打字，似乎在輸入簡單的道別語，
然後露出憤怒的表情，安靜地。

36　　銀行（白天）

借貸櫃台。第一集裡親切的女職員坐在裡頭，美貞來到她面前。

161

美貞　請問以後還會不會寄信給我？（艱難地開口說）我不能讓
　　　家裡知道……

職員　產生滯納金、利率變動或有公告事項時，就會寄信給您。

美貞　（臉色蒼白）

職員　（覺得看不下去）您要不要試著提告呢？存摺上不是有金
　　　錢來往的紀錄嘛！用那個就可以提告了。

美貞　（一提到訴訟，臉色更加黯淡，似乎馬上就要流淚）

職員　（E）總不能這樣每個月一直幫別人還錢吧！又不是一、
　　　二十萬韓元而已。

37　　銀行一樓ATM機台區域（白天）

　　　美貞好像在看著窗外，緊貼著窗戶站著，
　　　指尖快速擦拭眼下……似乎是眼淚，
　　　表情看起來十分落魄。
　　　一看，鴿子在地面上行走。
　　　隔著玻璃俯視近處的鴿子。
　　　好像什麼想法也沒有，只是看著眼前正在移動的事物。

38　　美貞公司·辦公室（白天）

　　　看著手機的美貞。與前男友的聊天室。

「貸款的事情快被我家裡知道了。今天一定要通電話，打電話給我。」

未讀數1沒有改變。

秀珍　（E）你在幹嘛？不走嗎？

秀珍一身下班的衣著走過來，志希也站起身。

美貞趕緊放下手機。

美貞　喔，我還要一下子。

秀珍　怎麼了？

美貞　我跟人有約。

志希　哦～有約，真稀奇，那我先走了。

秀珍　我也走了。

美貞　再見。

畫面跳轉，

只有美貞周圍的燈還亮著，主要照明都關了。

美貞在黑暗中撥打電話，但是完全聯絡不上對方。

美貞發簡訊的樣子。

美貞　（E）沒收到回覆之前，我不會回家。

再次撥打電話，響了好久才聽到接起來的聲音。

彼此都沉默不語。

世英　（F）喂。

美貞　！

是女人的聲音！兩邊都按兵不動。

世英　（F）是我，世英。

美貞　（顫抖）為什麼是姐姐接電話？

世英　……

美貞　我跟姐姐沒什麼話要說吧。

世英　……

美貞　讓前輩來接電話吧。

世英　（F）美貞，真的很抱歉，燦赫真的沒有錢，真的沒有。
　　　我怕放著他在韓國會死，所以才叫他過來的。

美貞　……再過一段時間，我的信用卡也會被停掉，留下信用
　　　不良的紀錄。我為什麼一定得留下信用不良的紀錄？（委
　　　屈又害怕，流下眼淚）

世英　（F）……真的對不起，我也沒辦法。

美貞　……

世英　（F）……我也是賺一天過一天。

電話另一邊傳來嘎吱的開門聲。

燦赫 （F）是誰？

世英 （F）沒什麼。

燦赫 （F）我問你是誰？給我，給我！

世英 （F）你幹嘛，不要這樣！

接著，好像是拿著手機起了爭執，傳來一個東西墜落的鈍音。

美貞屏息聽著手機另一頭的騷動。

男人搶走手機，不知道是否知道電話這邊是美貞，安靜了下來。

只有男人的呼吸聲，聽起來十分混濁，美貞這才知道換成這傢伙接手機了。

彼此沉默不語。這是久違的通話。

美貞 你們到底在那裡幹什麼？

燦赫 ……

美貞 看來你還有錢買機票啊？

燦赫 （F）……我是來賣器官的。

美貞 （王八蛋……）看來還沒賣掉是吧？

燦赫 ……

美貞 再過一段時間，我就會留下信用不良的紀錄，到時候連公司都不能去了。

燦赫 （F）你家不缺這點錢啊！跟家裡說一聲就能解決，怎麼會有信用不良的紀錄？

美貞 （一提到「家」的話題就開始流淚）前輩自己犯的錯，為

165

什麼要我跟家裡的人說？

燦赫　（F）不是我不還錢，我只是叫你先解決當務之急。我以後會全部還清，但是我現在身上連一毛錢都沒有，你想讓我怎麼樣！

美貞　我不管你去做什麼工作，總之去賺個一百五十萬韓元來。

燦赫　（F）你以為跟我要錢的人就只有你嗎？

美貞　……

燦赫　（F）我也是想方設法在賺錢還你，但那些人一直追著我跑，在我身邊滋事，根本不讓我工作，還要我馬上給錢，馬上！我要是不去偷拐搶騙，怎能生出錢？就連吃飯睡覺都要被討錢，是不是要我餓死才知道我真的沒錢？（好像真的很委屈的樣子）不要再說我是故意不還錢了！

美貞　你怎麼可以這樣對我？你怎麼可以這樣對我……

這時，傳來一陣東西被扔擲而碎掉的聲音，女人的悲鳴。

美貞嚇了一跳，害怕不已。

東西被砸碎的聲音。女人的聲音說：「不要！」

與待在寂靜黑暗中的美貞相比，電話另一頭是一片混亂的感覺。

39 市區大街上（晚上）

美貞面無表情地走在街上。

熙熙攘攘的街道，三五成群的年輕人。

她什麼想法都沒有，只是慢慢地走著。

畫面跳轉，

電池驅動的廉價小狗玩偶在地上繞圈。

美貞無精打采地看著這景象，就這樣待著，

這時，手機震動起來，美貞拿起來看。

世英　（E）我也不知道為什麼會變成這樣，但是，我決定只考慮一件事，就是不讓鄭燦赫在我身邊的時候死掉。

美貞讀完訊息，表情和動作都沒有變化。

幾秒鐘後把手機關掉，有一種輸了的感覺。

沒有繼續看玩偶，只是無力地站在原地。

40 烤肉店（晚上）

第一集的烤肉店，琦貞大口大口喝著啤酒。

媛熙　喝慢點。

琦貞　（陷入沉思，然後突然說）是我！就是我！有誰待在我身

邊會覺得自己很軟弱的嗎？我可是會接頭顱的女人，像珍島犬一樣的女人，（嘆氣）只要待在我身邊就好了……我真想跟他毛遂自薦……我真的好想好想好想跟他說，我們交往吧，立刻。（突然看向媛熙）我要說出來嗎？

媛熙　（避開琦貞的視線，把杯子斟滿）

琦貞　怎樣？為什麼不行？

媛熙　誰說不行了？

琦貞　我後天就要四十歲了。我已經決定今年冬天要隨便愛一個人。但是，這個男人一點都不隨便！是個很棒的男人！

媛熙　你想說就說吧。

琦貞　……（沒有自信，喝酒）

媛熙　人類是怎麼在一個月內產生這麼大的變化？前一陣子你還在這裡口出狂言呢。

琦貞　……！

對，就是在這裡，第一次見到他。琦貞看著當時自己坐過的位子。

〔INS. 第一集。琦貞：「我們國家有賣槍嗎？只賞他三巴掌根本無法洩憤，至少要給他吃上三發子彈才行。」當時，泰勳和宥林安靜聽著琦貞的話，默默吃著烤肉。〕

看著當時父女倆坐過的位子的琦貞，一想起那時候，心裡就不好受。

　　　　　　　　　　　　　　　EPISODE 7

媛熙　時間真是狡猾，對吧？

琦貞　（無話可說。一邊喝酒，一邊看向別處）

41　村莊一隅（晚上）

具先生在家門口徘徊，看見社區公車駛來。

等待美貞。遠處，社區公車來了！

公車快到公車站了。公車停下。

但是，下車的人卻是琦貞。

具先生緩慢地走回家裡，

琦貞看見具先生，大概知道他在等誰。

哼！大步大步地往家的方向走。

42　昌熙房間（晚上）

昌熙躺著用手機玩遊戲，斗煥也斜躺著用筆記型電腦看電影
（外國電影）。

斗煥　為什麼？說一句喜歡有那麼難嗎？又不是要說討厭，是
　　　要說喜歡耶。

昌熙　因為靈魂深處知道自己一定會被甩啊。

斗煥　……

昌熙　那些會猶豫要不要說出口的話，全部都是說出口就會後悔的話。正是因為知道不能做，才會猶豫不決。但是，大多數人還是會選擇說出口，然後面對早已知道的結局。人類就是這種讓人捉摸不透的動物啊……（玩完遊戲最後一局，突然站起來，看向斗煥）斗煥啊！！流浪狗！蛋白！一韓元！

斗煥　怎樣啦？你這個俗氣到不行的蛋白人。

昌熙　（再次躺下玩遊戲）勸你不要。

斗煥　……

昌熙　不要告白。

斗煥　……

昌熙　你認識廉琦貞吧？如果有哪個瘋子說喜歡她，就到處找槍要打死對方。

斗煥　……

昌熙　有人對她微笑，她也要找槍；有人對她眨眼，她也要找槍。動不動就找槍。只要遇到她覺得不夠格的傢伙喜歡她，就好像受到什麼奇恥大辱，還會跳腳。女人啊，一旦發現條件比自己差的男人喜歡她們，就會一副要殺人的樣子。世界上所有女人都是這樣，除了賢雅，學生時期一堆人喜歡她，就連一些神經病也喜歡她，但是她對那種人也很和善，連拒絕都和藹可親。

斗煥　（笑出來）

昌熙　大學的時候，我也見過幾次她被男人拒絕，但是她既沒有懷恨在心，也沒有惱羞成怒。而且，她小時候還會去

感謝那些喜歡自己的傢伙，她以為別人也會這樣做，所以只有她一直在談戀愛。廉琦貞？今年冬天隨便找個人來談戀愛？不可能，一直以來都沒有發生過的事情，怎麼可能會突然出現一個條件不錯的男人主動跟她告白？這就表示必須是她主動隨便找個人。你覺得她有可能嗎？萬一不小心說錯話，會被槍打死的。

43　姊妹房間（晚上）

琦貞身上還穿著剛回家的衣服，靜靜地聆聽的背影。
好像字字句句都沒有說錯，心情悲慘。

昌熙　（E）所以說，一切都是她自作自受……
斗煥　（E）倒是你，太輕易答應別人的告白了。美琳真的不適合你。
昌熙　（E）不然要怎麼辦？人家都說喜歡我了。
斗煥　（E）但是答應美琳也太誇張了吧？
昌熙　（E）別說了，人家可是有孩子的媽。

這時——

美貞　（E）我回來了。

171

琦貞這才動了一下。

44   家‧客廳和廚房（晚上）

斗煥在房裡回過頭，看見美貞走進來。

斗煥   現在才回來啊？

美貞   （完全沒有轉頭，逕自走回房間）嗯。

45   姊妹房間（晚上）

琦貞開始換衣服，美貞似乎疲倦不已，緩慢移動著，

互相裝作不認識，十分陌生的姊妹，然後——

琦貞   （完全沒有轉頭）是誰先說要交往的？

美貞   ？（看向琦貞）

琦貞   我說具先生。

美貞   （若無其事，表情淡然）我。

琦貞   ！

美貞   （一邊做自己的事，依舊淡然）沒有說要交往。

琦貞   ？

美貞   我叫他崇拜我。

琦貞　什麼？

美貞　我說，我叫他崇拜我。

琦貞　！！

對美貞來說現在這件事情並不重要，所以只是實話實說。
琦貞有點受到打擊，美貞默默無言地繼續做事。

46　具先生家（晚上）

具先生一邊喝酒，一邊看著幾乎靜音的電視，這時手機開始震
動。手機放在稍遠之處。具先生像是聽不見手機的震動一般，
視線完全沒有看向手機，瞬間不知道想起什麼，起身朝手機的
方向走去，看見畫面後接起電話（沒有名字，只有號碼，與第
六集結尾的號碼相同）。

具先生　喂。

賢振　（F，沒想到對方會接起電話，瞬間驚慌）喂？

具先生　嗯，說吧。

賢振　（F，氣得開始罵人）你這個混蛋！真是的，哎唷喂！跟
　　　你說哥哥我得了絕症，你也打算置之不理嗎？小子！我
　　　要是真的得了絕症，肯定會很後悔跟你這種人當兄弟，
　　　然後在我死前先殺了你。臭小子，你現在人在哪裡？首
　　　爾嗎？

具先生 ……

賢振 （F，冷靜下來，進入正題）不久前杉植去弔喪的時候見
到申會長，聽說他悄悄打聽了你的事情。我問他能不能
聯繫到你。你也知道，他根本不是那種可以去跟會長對
話的角色，好像是在去上廁所的途中，被老人家追上。
聽說白會長已經失去申會長的信賴，只要我們多跨出一
步，白社長那傢伙就完蛋了。

具先生 ……

賢振 （F）喂，你有在聽嗎？

具先生 扒手最近在幹嘛？

賢振 （F）扒手？

具先生 嗯。

賢振 （F）不知道，我也很久沒見到他了。怎麼？你的錢被誰
拿走了嗎？

具先生 ……

賢振 （F）被拿走多少？

47   銀行外景（白天）

48   銀行（白天）

托盤裡有三本存摺。銀行職員打開存摺。

美貞坐在銀行職員面前。

職員　（拿起房屋認購專屬存摺，小心翼翼又親切）您有去確認
　　　　過了嗎？您應該是約定的第一順位。

美貞　我想……直接解除合約。

職員　……（看不下去，打開儲蓄用的存摺）這個還有四個月就
　　　　到期……

美貞　……（似乎堅持要直接解除）

職員　……（好像了解了對方的意思，開始操作電腦）

畫面跳轉，職員將三本存摺、身份證，還有繳費證明放在托盤
上，帶著微笑看著美貞。

美貞　……（拿起東西）謝謝。

職員用不知道該說什麼的微笑看著站起來的美貞，輕輕握緊雙
拳，要她加油。美貞點頭致意後就走了。

49　村莊一隅・鄉鎮區公所附近（白天）

具先生一手提著裝滿戰利品的袋子（泡麵、酒、刮鬍刀等），
一手拿著冰咖啡，一步步蹣跚地走來，在看到某一處時停下腳
步。美貞正從區公所走出來，目光盯著手上的紙（戶籍謄

本），把紙張對折後放進包包，然後看到具先生。

美貞　　！

美貞有點慌張，接著立刻換上開心的表情。

具先生看到美貞從區公所出來，已經大概知道發生了什麼事。

美貞走向具先生。

美貞　　你買了什麼？

兩個人一起走，美貞的步伐稍快。

具先生　……你這個時間在這裡做什麼？

美貞　　……有一點事要辦，就請了半天假。

具先生　……

美貞　　（悄悄回頭一看）看來你今天工作結束得比較早呢。

具先生　……

美貞感覺到具先生不高興，但只是走在前頭。

具先生喝完飲料，將垃圾扔進垃圾桶，跟在美貞身後。

50　堂尾站・村莊公車站（白天）

具先生看著遠方，美貞忽然開口。

美貞　今天沒有很熱，夏天好像要結束了。

說完，臉上露出微微一笑，具先生卻無言地看向別的地方。
美貞感覺有點不舒服，開始看手機，或是伸長脖子看公車何時
要來，做出這些不必要的動作。

51　行駛的村莊公車（白天）

坐得很靠近的美貞和具先生（能夠並排坐就並排坐）。
美貞鼓起勇氣，裝作若無其事地開口說：

美貞　我把戶籍遷回家裡了。

具先生早就知道是這樣，本來不打算發言，突然說：

具先生　……萬一又寄通知信過去怎麼辦？
美貞　……不會了。
具先生　！
美貞　……我都處理好了。

具先生　你替他還清了嗎？

美貞　……

具先生　……

美貞　他說會還給我，以後。

具先生　（安靜地生氣）

美貞　他真的會還的。

具先生　（不屑地微笑，本來想就這樣算了）那傢伙叫什麼名字？

美貞　……你不用擔心啦，他說會還錢。（轉頭看向別處，表情僵硬）

具先生　只要給我姓名和聯絡電話就好。我不會出手，會有其他人去做。

美貞　（依然看向別處）

具先生　你還喜歡他嗎？

美貞　！！

彼此默默無言，氣氛沉悶。

52　村莊一隅（白天）

社區公車駛離。

美貞一臉僵硬地往家的方向走去。

具先生的步伐一如往常，若無其事地往自家的方向走。

具先生進屋之後，過了片刻，

畫面是美貞再次拖著步伐走向具先生家的後腦勺。

53　具先生家（白天）

瓦斯爐上放著開水，泡麵的包裝撕開，傳來大門打開、有人走進來的聲音。

具先生回頭一看，美貞站在那裡。

美貞沒有直視具先生，只是胸口不斷地起伏。

具先生　你嚇到我了，坐下吧。（轉身繼續做事）

美貞　（冷靜又陰森）你到底想看我多狼狽？為什麼不乾脆跟我說你能把事情解決得很好就好了？為什麼一直想看我失敗的樣子？

具先生　（只顧著做手上的事）

美貞　那種只會在網路上看到、被男人騙錢的笨蛋就是我，這種事情一定要讓爸爸媽媽、讓全世界的人都知道嗎？

具先生　（回頭看）你就是害怕這個吧？那小子就是知道你是這種人，所以才會做這種事。

美貞　！

具先生　（再次開始煮泡麵）

美貞　每次談到錢的問題，他就會擺出一副厭煩的表情，這些我都忍下來了。看到那張不耐煩的臉，好像全部都是我的錯，要他還錢也是我的錯，光是跟這種事情扯上關係

本身就是我的錯⋯⋯沒辦法，我就是這樣的人。嘴上說無法理解跟爛人一起生活的女人，於是以幫助之名硬要離間一對伴侶，這種人我更不能理解。拜託你，不要再管我了。不管我看起來多笨多傻，都不要管我。等我要請你幫忙的時候，你再來幫忙。有些人就是不擅長跟人硬碰硬。為什麼要一個不擅長發火的人去跟別人拚命？

具先生　（回頭看）對我倒是很會發火。

美貞　　（猛然）因為你喜歡我！

具先生　（無言）

美貞　　⋯⋯

具先生　⋯⋯

美貞　　在喜歡的人面前，有什麼事情不能做？

具先生　（無言）

美貞　　所以你要崇拜我這種笨蛋，讓我充滿自戀般的信心，可以臉不紅氣不喘，對著那傢伙說出所有想說的話！我要你把我變成那種人！就算被人知道也不會提心吊膽，就算昭告天下也能面不改色地活下去！我要你崇拜我！

具先生看了一眼美貞，然後轉身走開，留下美貞站在原地不動。具先生拿起煮好的那鍋泡麵，砰地一聲放在客廳桌子上，坐上沙發看向美貞。
互相看著對方的兩人。

具先生　吃吧。

美貞　　！

具先生　你的手在發抖，吃吧。

美貞　　……

具先生　我正在崇拜你啊，快吃吧。

　　　　美貞猶豫了一下，然後坐下。
　　　　坐著，但也沒有立刻開動。

美貞　　……水。

具先生　（無言）

　　　　具先生起身，把水拿過來，砰地放下。
　　　　這段期間美貞開始吃泡麵，喝起具先生拿來的水。
　　　　具先生看著美貞，安靜不語。

具先生　如果你知道我是什麼樣的人，肯定會很吃驚。我是個很
　　　　可怕的人，即使肋骨下插了一把刀，也可以紋絲不動。
　　　　但是……你把我嚇死了。

美貞　　！（一邊咬著泡麵，一邊看他）

具先生　我只要見到你就緊張，所以總是覺得很煩躁。雖然覺得
　　　　煩躁，但還是期待看到你。

美貞　　！

具先生　聽懂了沒？廉美貞，你要更了解你自己。

美貞　　（吸鼻涕，像孩子一樣心滿意足的表情）多說一點啊，我

覺得挺不錯的。

具先生 （迅速轉過頭）

54 村莊一隅 （晚上）

貨車從社區開出來。

55 村莊一隅 （晚上）

#貨車在鄉間小路上快速奔馳。

具先生開車，旁邊坐著美貞，表情舒適愉快。

美貞偶爾會看向具先生，具先生只是開著車。

#貨車在廣袤田地中一處黑暗的角落停下。

具先生往田裡一看，隱約可見三隻白狗。

狗也警惕似地停下來，看向這邊，不時汪汪吠叫。

美貞 （在旁邊看向具先生）是野狗，好像是被人棄養了。

具先生 ⋯⋯

美貞 這裡地面空曠，牠們不知道是不是覺得很安全就一直待
在那裡不走，即使下雨也會留在那裡睡覺。

具先生 ⋯⋯

美貞 原本應該有主人的吧。

具先生稍微走近田地，野狗警惕般地亂叫起來。

美貞　（抓住具先生的衣角）不要過去，最好不要靠近正在叫的
　　　狗。

具先生（只是看著）

56　村莊一隅・丘陵（晚上）

陰暗的鄉間小路。

身穿自行車服裝的男子似乎在練習，艱難地往上爬坡。

屁股幾乎離開了座椅，拚命往上攀爬。

貨車從腳踏車旁邊經過，

一隻握拳的手臂從駕駛座伸出來。

具先生（E）加油！

貨車轟隆隆地行駛而過。

腳踏車幾乎開始以S型騎動。

#行駛中的貨車裡，美貞看著具先生笑了。

57 酒吧（晚上）

琦貞喝醉，哭過的雙眼紅腫不已。

琦貞　感情為什麼可以這樣……自己……增長。明明沒有發生
任何事，卻自己擅自……這樣合理嗎？這不是我的個性
啊。一定是哪裡出了錯。（喝一口酒，豪邁地）沒事，雖
然我很容易愛上一個人，但也很容易厭倦一個人。早上
喜歡上一個人，晚上就開始討厭對方了。哪天又會發生
這種事。哎，差點就要完蛋了，還好沒發生什麼事情。
總有一天，這種不知何時開始的感情都會消失。

話是這麼說，但喝了酒之後又開始發呆。

媛熙　哪一種情況比較好呢？是像以前一樣毫無目標、沒有感
情的生活，還是像現在這樣為情所苦？
琦貞　（苦惱片刻，無法選擇，瞬間又哭又笑）天啊……真的快
瘋了……（用力按住眼皮）

58 琦貞公司一隅（白天）—回想

振宇　直接告白就好了啊。把自己弄得漂亮一點，有魅力一點。
琦貞　……我做不到。

振宇　（無法理解）為什麼做不到？

琦貞　……

59　行駛的村莊公車（晚上）

琦貞坐在公車裡，戴著耳機看向窗外，眼淚不停地流下。

昌熙　（E）她能做到嗎？她可是有前科耶，哪個不識相的男人
　　　跟她告白，就揚言要開槍殺了對方的女人，有可能主動
　　　告白嗎？弄不好就變成她被開槍打死。只要跟她告白的
　　　對象不入她的眼，她就瞧不起對方，隨便打發人家。她
　　　要是說錯話，可能就變成她被瞧不起了。

耳機裡淌流著「睡不著」一類歌詞的曲子，雙眼發紅，內心激
動地跟唱，嘴巴卻只是緊閉著哼唱。靜靜坐著，搖頭晃腦，哼
哼唱唱。
〔INS. 前幾幕的酒吧。琦貞眼睛發紅，「不是有很多這種人嗎？又不
是只有我遇到這種事，但是為什麼只有我這麼難過？」〕
琦貞輕輕擦去滿臉淚痕，陷入自己的感情中，嘴裡不斷哼著
歌，但是並沒有發出唱歌的聲音，公車司機以及唯一一名乘客
在這個空間裡聽見的聲音，是一個女人發出的奇怪聲音，哼哼
哼。
公車司機連後照鏡都不敢看。

185

60 村莊一隅（晚上）

琦貞從社區公車下來後，公車開走，表情輕鬆的琦貞摘下耳機。

琦貞 呼，好久沒有哭得這麼痛快了。

琦貞擦乾淨鼻子，昂首闊步。

61 姊妹房間（晚上）

琦貞靜靜躺臥的背影。
瞬間安靜地站起身，然後屈膝跪下。
跪坐著，閉上眼睛。

琦貞 （過了片刻）我做錯了。（又過了片刻）是我太傲慢，又太沒禮貌了。那些曾經向我告白、喜歡我而被我罵過的人們，我真心向你們懺悔。我錯了。（微微彎腰鞠躬）。非常抱歉。如果您們心中還留有那時的創傷，希望可以在今晚全部消除。（雙手合掌）祝福你們幸福。（鞠躬）謝謝，謝謝你們喜歡過我，謝謝。

彷彿內心一直在祈禱一般，維持坐姿的琦貞。

62 家‧庭院（第二天，白天）

寧靜的夏日早晨。
濟浩在更換破掉的紗窗（洗水槽那邊的小紗窗）。

昌熙　（E）我出門了。

昌熙匆忙地走出來，本來目不斜視，然後又對濟浩說：

昌熙　我走了。

濟浩也目不轉睛，專心地做自己的事。
昌熙一邊確認手機，一邊快步走向公車站。

63 姊妹房間（白天）

美貞（拿起一份戶籍謄本）先走出去，琦貞（穿好衣服時）又
再次急忙地摸了摸頭髮。吹風機發出吵鬧的聲音。

64 家‧客廳和廚房（白天）

美貞　（E）我出門了。

語畢，出門的聲音。

濟浩拿著紗窗走進來。

走向廚房的濟浩把視線投向餐桌上的紙。

沒有伸手觸碰，只用眼睛看，是戶籍謄本。

加上廉美貞，一家完整五人的戶籍謄本。

濟浩若無其事地拿著紗窗去洗水槽那邊。

片刻後，琦貞匆匆忙忙地從房裡出來。

琦貞　我出門了。

65　村莊一隅（白天）

#美貞走著，琦貞在後面默不出聲，

具先生開著貨車到來。琦貞斜眼看著經過身邊的貨車。

貨車停在美貞旁邊，美貞坐上車，

琦貞立刻跑過去，「喂！」，也坐上車。

#（美貞及琦貞乘坐的）貨車轉向車站的方向，

背對佇立在公車站的昌熙開走。

昌熙忙著看手機，沒看到貨車經過。

66　堂尾站‧月台（白天）

依然看著手機走過來的昌熙。

看到月台上的美貞和琦貞，嚇了一跳。

昌熙　你們什麼時候來的？

琦貞　她男朋友送我們來的。

昌熙聽不懂琦貞在說什麼，美貞狠狠瞪了琦貞一眼，然後看向別處。

琦貞也往別的地方移動。

看到琦貞及美貞離得很遠，彼此之間十分冷淡，似乎不像完全沒事。昌熙的表情顯示出他可能猜到是什麼事了。

昌熙　難道……

就這樣發呆時，傳來叮叮噹噹地鐵進站的聲音。

隨著地鐵進站，不知道是不是頗有把握，昌熙忽然發出一聲癡笑：「呵！」

8

「我想要坐在幼年時期的你身邊，靜靜地陪在你身邊……」

1　美貞公司・走廊（白天）

午餐時間，白領族吵吵鬧鬧地從辦公室走出來。

接著走出來的是美貞與同事們（志希、秀珍、寶蘭與其他兩人）。

畫面跳轉，美貞邊用手機邊走路，同事們聊著天。

秀珍　廉美貞最近常發訊息，肯定是有對象了吧！是吧？

美貞　（聽到這句話，笑著收起手機）

秀珍　你們有看到她昨天發錯群組嗎？「我下班了，在地鐵上了。」

全體　看到了，看到了。

秀珍　你在跟誰報告？

志希　是那個男人吧？之前在你家吃飯，讓你覺得很不自在的男人，對吧？

美貞　……嗯。

志希被立刻承認的美貞嚇了一跳。

大家都做出「哦～」的氛圍。

志希　我只是隨便說的。

2 美貞公司 · 食堂（白天）

美貞和同事一起吃飯。

秀珍　　你喜歡他哪一點？

美貞　　……（只是微微一笑）

志希　　他到底哪裡好？

美貞　　……我也不知道。

聽到這句話，志希和秀珍都暴跳如雷。又說不知道了……

志希　　又說不知道！以後不准再說不知道！（來，再問一次）他
　　　　到底哪裡好？那個男人有魅力的地方、吸引人的地方。

美貞　　……（該怎麼說呢？似乎在思考，表現得猶豫不決）

志希　　沒事，你慢慢來，慢慢來。（邊吃邊認真盯著看）

美貞　　他沒有外殼。

全體　　？（靜止）

美貞　　（再度嘗試說明）有些人明明很有禮貌，卻有種被一層外
　　　　殼包覆的感覺。那層外殼非常堅硬，好像即使遇見也一
　　　　輩子都觸及不到內心。但是這個人……沒有外殼。

眾人似乎能夠明白美貞的意思，暫時陷入一陣安靜。

志希　　（馬上開玩笑似地對坐在旁邊的同事說）她說「這個人」

耶，這個人。

同事　那又怎麼樣？

志希　「那個人」和「這個人」差別很大。對方明明不在這裡，
　　　卻說「這個人」，（把手放在美貞的心上）因為那個人在
　　　這裡。

美貞　（笑）

3　村莊一隅（白天）

#貨車在鄉間小路上奔馳。

#貨車停在某處，具先生看著廣闊的田地，田中間有三隻無精
打采的白狗。具先生看著小狗，雙手在身上摸索，小狗豎起耳
朵看向具先生。具先生向狗用力扔出某樣東西。狗搖著尾巴跳
起來，朝著東西掉落的地方跑去，然後吃了起來。具先生在丟
出香腸之前已經撕掉塑膠包裝，再次把塑膠包裝撕掉，然後把
食物丟過去。

4　美貞公司・辦公室（白天）

美貞和同事們一起聊著天走進來，回到各自的座位上。
美貞和志希一起走回座位，這時——

崔組長（E）王八蛋……

美／志　！

崔組長用紅筆在印刷品上唰唰唰地劃線，還不時發出「嘖」的
聲音。志希看著崔組長，強忍心中的厭煩，坐到自己的座位，
美貞也坐下。

志希　（自言自語）放假就不用聽到那個聲音了。

美貞　……

志希拿著牙刷起身，
崔組長嘆了口氣，把印刷品翻來翻去。
美貞拿起桌上的杯子，站起來往茶水間走。
#茶水間裡，美貞倒水來喝，秀珍走出來。

秀珍　去跟男朋友告狀吧。

美貞　（故意）正有此意。

一邊喝水，一邊悶悶不樂地看著崔組長的美貞。

5　餐廳（白天）

琦貞和同事們（金理事、李組長、恩菲、素英等）一起走進餐廳。

眾人找到位子坐下，看菜單。

畫面跳轉，

美味的飯菜擺在桌上，拍照的同事們。

琦貞本來想直接開動，但是為了讓大家拍照就稍微等了一下。

拍完之後，面無表情地開始吃飯。

琦貞　（E）以前我不能理解為什麼動不動就要拍照，但現在我
　　　也……想要拍照了。現在這個時間，我在吃這些東西，
　　　你又在吃什麼呢？

琦貞發送訊息，同事坐在她面前。

6　美貞公司·食堂（白天）

泰勳一臉輕鬆，跟同事們一邊聊天一邊吃飯。

7   街頭一隅（白天）

琦貞手裡拿著咖啡，邊走邊聽著同事們的談話。

這時，素英望向天空，發出驚嘆，叫大家一起看天空。

琦貞也望向天空，是一片看起來十分溫暖的橘黃色雲彩。

素英   這是不是叫做香草天空？

全體   是嗎？

素英   因為是香草的顏色啊。

琦貞一邊看著天空，一邊慢慢走著。

琦貞   （E）為什麼我總是想要跟他分享我正在做什麼、在看什麼呢？他又不可能好奇我的生活。

8   琦貞公司・茶水間（白天）

泰勳的訊息裡是宥林的獨照，此外，還有宥林跟姊姊的合照。琦貞看著照片。沒有泰勳的照片。看著跟泰勳的訊息最後一則是她那天吵著要打架的名單。在那個聊天室裡發送各種貼圖，然後在「I miss you」停下動作，好像代表了自己的心意，發送這個貼圖，然後靜靜看著。接著，好像是打算要停止這個行

為似地，放鬆姿勢，本來想要按「回上一頁」，結果卻按到了「發送」。咦！跟泰勳的聊天室裡，「I miss you」，讓人想要鑽地，趕緊收回貼圖。「已刪除的訊息」。

琦貞　他應該沒看到吧？

安靜，想要罵人的樣子。唉哼，又安靜下來，然後發送一則訊息。
「對不起，我傳錯了。」
非常緊張，靜靜看著發出去的訊息，但未讀數字1沒有消失。
他應該沒看到吧？

9　　美貞公司・泰勳辦公室（白天）

泰勳走到座位上，對著電話說：「我知道了，好的，好的。」
結束通話後看向手機，點擊看有沒有訊息。「已刪除的訊息／對不起，我傳錯了。」

泰勳　……

泰勳在聊天室裡輸入回覆，然後放下手機專心看著電腦。

10　琦貞公司・辦公室（白天）

琦貞快走到桌子前，邊確認手機邊停下了腳步。
「曹泰勳：真好奇傳錯什麼東西，嘿嘿。」

琦貞　……！

琦貞靜靜心動的臉。
靜靜站在原地看著，沒有坐下的想法。

11　琦貞公司・電梯前（白天）

琦貞雖然靜止不動，但似乎在想像幸福的事情，表情十分開
心。
這時，旁邊的同事說：

女同事　明天就開始放假了，你打算怎麼過？
琦貞　（沉溺在自己的想法中，稍微嚇了一跳）嗯？這個嘛……
　　　可能會去幹件大事。

琦貞走進打開門的電梯。

12　地鐵月台（白天）

琦貞在不斷匆忙行經的人群中間，像靜止畫面一樣站著。好像
是在發呆，但是片刻之後，「真好奇傳錯什麼東西，嘿嘿。」
這串文字從頭上悄悄落下，臉上緩緩露出微笑，欣慰又幸福。
就這樣……本來想打起精神，深呼吸後視線往旁邊一看，又
震驚了。從那邊一處角落悄悄冒出一串文字：「真好奇傳錯什
麼東西，嘿嘿。」

13　村莊一隅（傍晚）

從社區公車走下來，一步一步走著的琦貞。
往家的方向走去的背影，似乎又變得更溫柔了，不知道從哪裡
冒出來的文字「真好奇傳錯什麼東西，嘿嘿。」跟在她的腳
後。接著，「我想你，我們見面吧。」這句從來沒有說過的話
也跟著出現。
一臉柔和的表情。

201

14　家・外景（晚上）

15　家・客廳和廚房（晚上）

餐具碰撞與吃飯的聲音。

餐桌旁有濟浩，慧淑、琦貞、昌熙以及具先生。

雖然都是吃一樣的飯，但總覺得具先生變得比之前有活力。

濟浩率先站起來，把飯碗和湯碗放進水槽，然後走出去。

慧淑拾起地上的鍋具，起身放到廚房，拿起裝有果皮廚餘的鐵盆走出去。

昌熙　……要喝一點酒嗎？

具先生　……我吃飯的時候只吃飯，很少喝酒。

昌熙　……您是真正的酒鬼。

琦貞感到非常好奇，想要提問，看了一下對方的臉色。

琦貞　我可以問你一個問題嗎？你真的……執行了嗎？

具先生　？

琦貞　崇拜？

具先生　（無視，繼續吃飯）

琦貞　（像在辯論一樣）偉大的！偉大的！讓人景仰的！……
　　　（說話的語氣）像這樣嗎？

昌熙　（快要發瘋，斜眼看琦貞，傳遞眼神）

琦貞　聽說她沒有提要交往，只要你崇拜她。（指著具先生）她
　　　叫他崇拜她。（對具先生）他說要崇拜她。「啊！希特
　　　勒！偉大的希特勒！」是這種崇拜嗎？

昌熙　您就可憐一下她吧，她說今年冬天要隨便找個人談戀
　　　愛，但現在還……

琦貞　（氣憤地吃飯）

16　　家・庭院＋客廳和廚房（晚上）

慧淑把水果廚餘埋在田地裡。

慧淑　美貞到哪裡了？打個電話問一下吧！

昌熙　（正在傳訊息，過了一下子，大聲說）她說會晚點回家，
　　　她人還在公司。

慧淑　（一邊工作）這樣她只能自己吃飯了。

具先生　（吃飯）

17　具先生家（晚上）

靜靜坐在沙發上的具先生，並不是舒服伸展的姿勢，而是屁股靠著沙發末端。他打開手機確認時間，然後又安靜下來，異常緊張又焦慮。突然起身，來到冰箱前，拿出燒酒與酒杯，倒了一杯酒喝下。

18　美貞公司・辦公室（晚上）

幾乎所有人都下班了，只剩下美貞。

美貞看著佈滿紅色筆跡的印刷品，正在電腦上修改。

像是在堅持什麼，手上動作十分緩慢，然後盯著印刷品，靜靜地……

不知道是想到了什麼，不知不覺露出了微笑，趕緊收拾包包。

19　堂尾站前（晚上）

從車站走出來的美貞表情十分明朗。

好像在找具先生，往家的方向看去。

背對社區公車站，朝其他方向走去。

20　市區咖啡廳（晚上）

窗邊放著一張長桌，美貞坐著工作，同時看向窗外。

〔INS. 第一集第四十六場戲，在公司附近的咖啡廳工作的樣子。

美貞低頭看著充滿紅色筆跡的印刷品，

擦去快要爆發的眼淚……靜默不語……

就像有人坐在對面的椅子上，露出微笑看著那邊……〕

美貞　（E）想像能夠跟你一起坐在這裡工作，這種爛事就會變得美好，讓我繼續堅持下去。

\#現在，工作中的美貞。

美貞　（E）我正在演戲，假裝自己是一個被愛的女人，假裝自己是一個沒有缺點的女人。

這時，具先生步伐穩健地走進咖啡廳。就像等待已久一樣，踏實堅定，就這樣進入正在工作的美貞的視野。美貞看到具先生，具先生則對美貞視而不見，徑直朝店門口走去。美貞回頭看向進入咖啡店的具先生，具先生迴避美貞，直接走到收銀台。具先生在點完餐後的等待期間瞥了一眼美貞，美貞埋頭工作，彼此都錯過視線交會的時機。

畫面跳轉，具先生沒有直接坐到美貞旁邊，而是稍微隔開一點距離。美貞一邊工作，一邊微笑看著具先生。

美貞　廉美貞的想像即將成為現實。

聽見這句話，具先生看向美貞，目光好像在問：「你在說什麼？」然後立刻看往別的地方。美貞也重新回到工作模式。具先生繼續喝酒。專注於各自事情的兩人。

21　村莊一隅（晚上）

走回家時，美貞用手拍打路邊叢生的雜草。
具先生提著袋子，其中傳來瓶子撞擊的聲音。

美貞　你酒喝的樣子真特別，像在發呆一樣，好安靜。我喝酒都是為了提高興致。
具先生（走了一下）我……是為了冷靜才喝酒。
美貞　（看著他）
具先生　只要喝了酒……腦海裡那些四處飄散的拼圖碎片，好像都會立刻回到原位。
美貞　……（總覺得不是好事）
具先生　……然後人也會變得比較溫順。
美貞　……在你腦海裡飄來飄去的東西是什麼？

具先生　……髒話。

美貞　……！

具先生　我每天都在心裡罵人。

美貞　罵誰？

具先生　我也不知道。

美貞　這些罵聲應該都有原因吧？

具先生　沒有，就只是罵人。

美貞　……！

具先生　我不罵人的時候，就是喝酒的時候、睡覺的時候，還有像這樣……說話的時候。

美貞　……！

兩人步履蹣跚的背影。

22　邊尚美的便利商店（第二天，白天）

兩人一起吃著便利商店的簡易餐點，賢雅看著昌熙。

昌熙　她叫那個人崇拜她。

賢雅　！

昌熙　廉美貞真的很厲害耶！

賢雅　（微笑）那個男人問題很多吧？

昌熙　！（你怎麼知道？）

賢雅　我就是有一種感覺，總感覺廉美貞是為了拯救那個男人才那麼說的。

昌熙　！（也有可能是那樣……）

23　住宅前（白天）

#似乎已經完成工作，具先生和濟浩把拆卸下來、堆在一邊的水槽裝進後車廂。

#離開的貨車。

24　加油站（白天）

周圍只有田地和山，似乎在京畿道外圍的國道邊。

具先生在貨車加油口掛上軟管，在加油的期間眺望遠方。

好像在休息，然後就像自言自語一般……

具先生　偉大……的。

就這樣，傳來似乎是加完油的喀噠聲。

從加油口拔出軟管。

#副駕駛座的人似乎去了廁所，轎車駕駛座上正在看手機的傢
伙（杉植）看了眼具先生那邊，又看了看手機，然後再次看向
具先生！

杉植　　！

　　　　具先生關上加油口的蓋子，爬上貨車，把結完帳的收據和信用
　　　　卡交給濟浩。杉植從轎車下來，往貨車的方向走去，貨車駛離
　　　　加油站。杉植追著貨車跑了一陣子，呆滯地看著車子離去，這
　　　　時白社長（身穿高爾夫球服）從廁所走出來，手上還在玩手
　　　　機，正要上車的時候，看見遠處的杉植。

白社長　（不耐煩）幹嘛啊？
杉植　　（指著貨車離開的方向）那人好像是具社長？
白社長　！！

　　　　白老闆走近杉植。

白社長　哪裡？
杉植　　那邊那輛車。

　　　　貨車打開方向燈，準備在前方兩百公尺處左轉。

杉植　　就是那輛開著方向燈的卡車。

　　　　就在貨車左轉時，他們看到具先生的側臉，白社長聚精會神地看著，具先生臉上似乎露出一絲輕鬆的微笑。白社長不太肯定地盯著，貨車就這樣遠去……

白社長　（靜默不語……總覺得不會是具先生）他怎麼會跑去開貨車？

　　　　回頭走向轎車的時候，好像又有些在意，於是又轉頭看了一眼。

25　　家・廚房和客廳（白天）

　　　　慧淑收拾餐桌，具先生一邊喝水一邊看著牆上的照片，一家人的照片、美貞小時候的照片。有美貞大約六、七歲時坐在寺廟走廊上的照片。由於照片是拍攝全景，所以美貞個頭看起來很小，手中好像在擺弄什麼，頭低低地垂下。這時，慧淑經過具先生身後。

慧淑　　那是美貞。
具先生　（稍微嚇了一跳）

　　　　　　　　　　　　　　　　EPISODE 8

慧淑　那時她年紀還很小，沒什麼看鏡頭的照片。

具先生　……

具先生看著照片裡年幼的美貞。

26　美貞公司・電梯前（白天）

崔組長走過來，雙眼看著貼在黃色文件袋上的綠色紙卡（信用卡大小），在電梯前與同事笑著聊天，看到美貞後表情變得僵硬。

崔組長　檢討結束了嗎？

美貞　是的。（遞出印刷品稿件）

崔組長　（下巴抬了一下）拿去那邊放著。

同事們都有些尷尬地看向別處。美貞離開之際，崔組長像是要讓她聽見一樣說：

崔組長　美感這種東西是天生的，色彩敏銳度這種東西也不是想學就學得會。

美貞毫不猶豫走開的背影。

211

27　餐廳（白天）

美貞吃飯，寶蘭一邊吃飯一邊看手機，手機跳出與文件袋上的綠色卡紙相同顏色的畫面。

寶蘭　怎麼猶豫了一個月卻決定用這個顏色？在那麼多種綠色中，為什麼偏偏……
美貞　（看著她）你知道怎麼決定的嗎？

28　美貞公司・品牌室（白天）—回憶

桌上放著幾張綠色卡紙。室長（中年女性）和其他同事專心地看著卡片，室長拿起其中一張卡紙，高度與雙眼齊平。

室長　總覺得……應該要選這個……

周圍的同事好像都同意，看著卡紙點頭。
美貞距離稍遠，從一名同事那裡接過信封，瞥了一眼。

室長　（讀出卡片背面的名稱）Spring bouquet。春天的花束。
美貞　（看著那張綠色卡紙）

29   餐廳（白天）

露出不可置信的微笑，互相看著對方的美貞和寶蘭。

寶蘭　考慮這麼久，結果還是靠一個人的感覺嗎？

美貞　但是……我從一開始就覺得會採用那個。

寶蘭　！

美貞　只是……如果是由我說出口，他們會接受嗎？（再次開
　　　始吃飯）

寶蘭　……畢竟曾經做出成績的人說的話就是真理，我們還沒
　　　做出過任何成績。

美貞　……雖然她這麼說，我還是很感謝她。我還以為我們是
　　　不同層次的人呢……結果只是憑感覺……（繼續埋頭吃
　　　飯）

寶蘭　（吃飯，無意地）姐姐，你只是沒意識到自己多了不起，
　　　所以才會覺得不幸。

美貞　！

美貞迷惘地看向寶蘭，寶蘭只是專注地吃飯。

美貞也繼續吃飯。

30　熙善的店門前（白天）

就像剛玩完回來一樣，宥林一下車就立刻衝回家，看見店門上
貼著「暑期休假／八月七日（週三）～八月十一日（週日）」
的字樣。景善和熙善卸下行李，爭吵不休。

景善　　兩天一夜能吃幾餐？每天都這樣搬來搬去！下次不要帶
　　　　這麼多了！

熙善　　快搬，別唸了。

景善　　還不是因為我們每天都在做重複的事情！準備行李又清
　　　　完行李！還要上上下下搬到三樓！

姊妹吵架的期間，泰勳走到稍遠處，講完一通電話。
由於必須用車，心情頗為著急，幫忙一起卸行李。

泰勳　　我出門一下。

熙善　　去哪裡？

泰勳　　（認真地卸行李）

熙善　　你要去哪裡？

泰勳　　有人要賣超脫樂團的第二張專輯，我想直接去聽聽看再
　　　　買。

熙善　　在哪裡啊？

泰勳　　山浦。

熙善　　（咦？）開去那裡要很久耶。你才剛開長途回來，現在又

要再去？

泰勳　我馬上回來。（急忙把車子裡剩下的行李也拿出來）

熙善　你就直接買吧，還要聽完再買……這麼麻煩……

泰勳　有些人會賣已經損壞的東西。

熙善　這樣你一整天都要在車裡度過了……

景善　（突然）你去拜託住山浦的琦貞就好了啊！

泰勳　！（正準備坐進駕駛座，停了下來）

景善　（拿出手機）你等一下。

31　家・庭院（白天）

#從家裡快步走出來的琦貞。

泰勳　（E）對不起，要麻煩你了。

琦貞　（E）沒事啦。我這裡離那邊很近，我馬上就過去。

琦貞快步走向社區公車站。
#站在社區公車站，張望公車什麼時候來，不知為什麼心情很
激動。

32　二手唱片行（白天）

放滿唱片的小店。

男店長從超脫樂隊第二張專輯的封套中取出光碟，放到轉盤上。

看著那個過程，琦貞小聲說著電話。

琦貞　（低聲）開始了。

然後，她把（和泰勳通話中的）手機放在轉盤旁邊。

琦貞看著旋轉的唱片，緊張又激動，會播出什麼樣的歌曲呢？〈Lithium〉。

雖然是第一次聽到，但是會讓人隨著節奏擺動。

身為一個外行人，琦貞此生第一次感覺被歌曲吸引。

33　村莊一隅（白天）

鄉間小路上的風景，音樂流淌其中，朝氣勃勃地拿著那張專輯的琦貞以及〔INS. 手機另一邊傳來音樂，樂句達到高潮時跟著對嘴型的泰勳〕互相交替。

這時朝氣蓬勃的琦貞突然停下腳步，靜靜不語。

然後，她打開手機來看，是剛才和泰勳的訊息。

「多虧有你，我才能輕鬆買到唱片，非常感謝。／不用客氣。／我現在正在休假，再麻煩你下週交給廉美貞小姐，謝謝。／好，我會的。／非常感謝，我要請你吃一頓大餐。／我會期待的！」

琦貞盯著手機，沒有任何動作，然後開始輸入訊息。

琦貞　（Ｅ）我週六有事要去一趟首爾，如果你那天有空的話，我那天交給你呢？

屏住呼吸等待答案……未讀1消失了！緊張萬分。

泰勳　（Ｅ）如果能夠早點收到，我實在感激不盡！

琦貞臉上洋溢著喜悅，接著又進來一則訊息：

泰勳　（Ｅ）約幾點好呢？

用激動的表情傳送幾次訊息後，對話結束。

琦貞　（看著聊天室）我想見你……

34　美貞公司・辦公室（白天）

美貞工作到一半，看見手機震動，是曹泰勳科長。「我決定週六親自跟你姊姊面交，就不勞你轉交了。」美貞輸入回覆。
一旁的崔組長看見美貞放置的信封，拿出裡面的印刷品。

崔組長　！！

靜止不動，翻了幾頁，等一下……

35　小學操場（白天）

烈日炎炎的操場上，十五名小學生在踢球。
訓練結束後，汗水淋漓的學生面對面站成一排，高喊：「辛苦了！」
接著也對著身為教練的斗煥與看起來像教練的男人說：「辛苦了！辛苦了！」

36 小學走廊（白天）

似乎是要去淋浴間，在走廊上吵鬧奔跑的孩子們。

斗煥經過的時候，瞥了一眼教務室。

貼著「郭喜秀」這個名字的書桌下，一雙拖鞋整齊地放著。

37 山浦新市區（白天）

（換了衣服）騎著摩托車的斗煥。

彷彿進入新市區，一棟被茂密樹林包圍的公寓。

38 公寓大樓前面（白天）

保全大叔望向某處，靜靜坐著。

將摩托車停在那裡的斗煥，安全帽的護目鏡放下或者被墨鏡遮住臉。

必須打開柵欄才能進去，不用問也知道大概不行。

送炸醬麵的摩托車從斗煥面前經過，那輛摩托車靠近柵欄，保全大叔按下遙控器，把柵欄升起。

摩托車嗖地一聲騎進去，柵欄又落下來。

靜靜看著那一幕的斗煥。

保全大叔看著斗煥，然後去做其他事情不理他。

39　山浦新市區（白天）

再次騎上摩托車，落寞離去的斗煥。

40　行駛的村莊公車＋斗煥咖啡廳前（傍晚）

#社區裡，昌熙搭乘公車，看著窗外，嘆了一口氣後低下頭。

#昌熙走下社區公車，社區公車離去，昌熙看向咖啡廳，表情不太好。

#咖啡廳前，斗煥用淒涼落寞的表情看著昌熙，好像在等待。昌熙一步步走過斗煥面前。

昌熙　過來，吃完飯再說吧。

斗煥保持距離，拖拖拉拉地跟在後面。

41　家・客廳和廚房（晚上）

昌熙沒有換下衣服，跟斗煥面對面坐著吃飯。

斗煥　公寓大樓一點都不浪漫，沒辦法遠眺喜歡的女人的家。

昌熙事不關己地吃飯，斗煥在過了一陣子後──

斗煥　真希望政府能制定一個政策，開放一天讓大家敞開心
　　　扉，為了像我們這樣害羞的男人。

昌熙　連我害羞的爸爸都結婚了，還生下三個孩子，過得非常
　　　充實。

＃主臥裡的濟浩眼神呆滯地看著電視。

42　　**昌熙房間＋姊妹房間（晚上）**

昌熙剛洗完澡走進來，甩了甩濕漉漉的頭髮，
斗煥心情憂鬱地自言自語道：

斗煥　我真的很焦慮，卻無能為力，也不能打電話給她，只能
　　　每天看著她的頭像，獨自一個人焦慮。要是把大韓民國
　　　裡像我這樣焦慮的能量都聚集起來，運轉核電廠都綽綽
　　　有餘了。我的焦慮就是這麼嚴重，這股能量無法發洩又
　　　一直被壓抑著。

昌熙無所謂地做著自己的事。

斗煥　（看著昌熙，說話聲音越來越大）這難道不是國家的損失

嗎？你想想看！制定出這樣的一天，培養那樣一種文化，就不會有人這樣獨自心焦，浪費那麼多精力，多好啊！而且還可以被國家認可。這一天，所有人都可以盡量保持禮貌去告白，也盡量保持禮貌拒絕告白！「經過政府許可，我要向你敞開心扉，我愛你。」拒絕的說詞也讓政府來決定。「非常感謝你的心意，但是我已經有深愛的人⋯⋯」要不要發起全民請願？呼應這想法的人應該會挺多的。

昌熙　你知道就算告白也會被拒絕，但是又沒辦法放棄，想要在告白的時候少受一點傷害。

斗煥　⋯⋯（沒錯）

昌熙　怎麼能讓政府做這種事？大家都是這樣告白、這樣被拒絕、這樣受傷的，這跟國家政策有什麼關係啊？

斗煥　政府每天都說要為少數族群制定政策，為什麼戀愛方面就沒有保障少數族群的制度？

昌熙　政府還要照顧這點雞毛蒜皮的小事嗎？

斗煥　⋯⋯我是提議創造出這種文化。如果有人對你抱有好感，就盡量保持禮儀，在社會規範的方式下表現出來。總而言之就是健康的戀愛文化！又不是要說討厭，為什麼不能說喜歡呢？

#姊妹房間，昌熙和斗煥討論這個話題的時候，琦貞坐在房裡，靜靜地聆聽那些話，眼前放著超脫樂團的唱片。

222　　　　　　　　　　　　　　　　　EPISODE 8

昌熙　就算政府幫你背書，你向那女人表白會不會被拒絕？用你的靈魂回答我！會不會？

斗煥　（悶悶不語）

昌熙　你不是還要去學校上課嗎？惹上校長的女兒怎麼辦啊！

斗煥　（生氣地思考）告白被拒絕的話……假裝不記得不就行了？

昌熙　（說什麼話？）

琦貞　！

斗煥　我曾經遇過兩個騎腳踏車發生事故的人，他們都說不記得事故發生的瞬間。一個人說自己騎腳踏車過漢江大橋，睜開眼睛就在醫院了，醒來（看向手臂）發現自己身穿病人的衣服？「咦，怎麼回事？」不是應該要有摔倒的瞬間嗎？但他完全不記得了，只記得騎車時突然變成一片黑！另一個人甚至只記得自己在白天騎腳踏車，結果被冷得醒來一看，發現自己半夜躺在草叢裡。朋友打電話來問，他說：「（好像剛睡醒的樣子）這裡是哪裡？我為什麼躺在這裡？」最奇怪的是，這兩人都不知道自己是怎麼摔倒的，什麼都不記得了。（結論）

昌熙　（呆滯，所以呢？）

斗煥　如果我告白被拒絕的話，你就騎摩托車來撞我，我會像好萊塢動作片那樣飛出去。

昌熙　（天啊，覺得認真聆聽這些話的自己是白癡）

斗煥　就算我說不記得，又能拿我怎麼辦？難不成要開除我？

昌熙　（惱火）你還真的相信？

不知不覺中，琦貞已經站在房門前。

琦貞　（舉手）我要挑戰！

昌／斗　！！

琦貞　……

昌熙　……

琦貞　我先來試試看，看看這麼做行不行。

昌熙　……！

43　家門口（晚上）

斗煥面帶尷尬的表情，一邊往咖啡廳的方向走，一邊回頭張望，有種闖了禍偷偷逃跑的氣氛。

44　家·客廳和廚房（晚上）

昌熙從自己房間走出來，琦貞坐在昌熙的房裡，望著走出去的昌熙。

琦貞　（大聲）你就用手輕輕拍一下就好！摔倒的部分我會自己看著辦！

昌熙 （回頭）喂，唉，天啊……（往浴室方向）

琦貞 （走出來）這有什麼困難的？只是要你經過的時候用手碰
我一下而已！

昌熙 不要再作夢了！天啊……又是什麼莫名其妙的傢伙……
（走進浴室，砰地一聲關上門）

慧淑從房間走出來查看。

慧淑 又來了……都成年人了還每天吵……

琦貞 ……

慧淑走去廚房，收拾散亂的東西，
氣喘吁吁的琦貞跑到浴室門前。

琦貞 （冷靜）給我出來。

慧淑聽到琦貞要昌熙從洗手間出來，又開始焦急不已。

琦貞 星期六下午三點，江南站附近的咖啡廳，明確的地點我
再用訊息傳給你。

琦貞說完，往自己房間走去。慧淑心想，這是什麼情況？

45　美貞公司外景（第二天，白天）

46　美貞公司・辦公室＋品牌室（白天）

在位子上講電話的崔組長。

崔組長　是的，是的。顏色是春天的花束。對，沒錯，我知道了。

#品牌室。室長正在打電話，好像正在開會，同事們圍著桌子站成一圈。

室長　但是，關於那個手冊啊……
崔組長　是。
室長　剛開始都還不錯，為什麼每次都越改越奇怪？
崔組長　（！）嗯……讓您費心了，是。

崔組長掛斷電話，安靜不語，從文件袋裡拿出微微露出的印刷品。
品牌室審閱完畢的印刷品上寫著「按照原稿」的字樣。
心裡似乎有些不愉快，將稿件隨便塞回去，靜靜看著美貞的方向，然後——

崔組長　廉美貞小姐。

美貞　　（有點驚訝）是？

崔組長　你負責的那個手冊，上傳到雲端了吧？

美貞　　是的。（看起來很緊張，又發生什麼事？）

崔組長　……（靜靜看著美貞）我會處理，你辛苦了，早點回去吧。

　　雖然崔組長很不滿，但還是決定網開一面，把裝印刷品的信封扔到一邊。

　　美貞面無表情地看著電腦，告訴自己不要慌張……

47　　車站附近（白天）

　　具先生站在車站對面，看了看車站，又看了看便利商店……

48　　行駛中的地鐵裡（白天）

　　美貞站在電車門口，伸長脖子往外面看。

49　堂尾站・月台（白天）

車門一打開，美貞就從電車上跑出來，接著跑上樓梯，
出了檢票口還繼續奔跑。

50　堂尾站前（白天）

美貞從車站走出來，沒有看見具先生。
她一邊東張西望一邊確認手機。

51　便利商店（白天）

具先生急忙將兩瓶咖啡和兩個冰淇淋放上收銀台，
店長不想幫他結帳，與具先生乾瞪眼。

店長　不買酒？
具先生　這些就好。
店長　你就乾脆一起買，等下不要再來了！
具先生　（要瘋了，看向別處）

主人露出莫名其妙的眼神，將東西裝進袋子。
具先生一把拿起袋子就走出去。

52　便利商店門口（白天）

具先生急忙從便利商店走出來，差點撞到一邊看手機一邊東張西望的美貞。

美貞嚇了一跳，把手機放下。具先生和美貞似乎都有些尷尬。

美貞　哎呀，差點抱上去，見到你太高興了。

具先生　！（不好意思，走在前頭）

兩人就這樣稍微保持著一些距離走著。

＃便利商店裡，貼在玻璃窗上看著他們的店長。

店長　美貞幹了一件大事啊⋯⋯

53　村莊一隅（傍晚）

美貞邊走邊吃著具先生買的東西，回覆接二連三進來的訊息，然後收起手機。

美貞　有一個很瘋的姐姐曾經住在這個村莊，她對你很好奇，說要來看你，我叫她不要來。

具先生　⋯⋯

美貞　感覺你們不會喜歡對方。

229

具先生　為什麼？

美貞　（停頓……停頓……）

具先生　你每次難以啟齒的時候，都會這樣一直沉默……沉默
　　　　……

美貞　……你們很像。

具先生　哪裡像？

美貞　……你們兩個都很強大。

具先生　……

美貞　……兩個人都很……坦然……很透明。

具先生（無言以對，但心情好）哈……透明……（持續無言以對
　　　　的微笑）真是瘋了……

美貞　你很透明。

具先生（停下腳步，無言以對地微笑）你現在是在崇拜我嗎？

美貞　……嗯。

具先生無語地往前走，美貞不太高興地追上去。

54　昌熙公司・辦公室（第二天，白天）

昌熙一坐下就開始敲打筆記型電腦的鍵盤，鄭雅凜坐在椅子
上，悄悄滑到昌熙旁邊。

雅凜　聽說你申請去商品開發組？

昌熙　（你怎麼知道？繼續專心工作）對。

雅凜　怎麼了？怕晉升不了嗎？

昌熙　（不耐煩）

雅凜　你要雙軌並行？

昌熙　嗯。（繼續敲打鍵盤）

雅凜　（雙眼四處張望）你知道光是我們分店就有八個人申請嗎？

昌熙　（專心工作）

雅凜　他們只收三個人，光報名人數就有六十七人。二十比一，你有這種經驗嗎？

昌熙　我當初可是贏過一億人。（專心工作）

雅凜　（看著昌熙，明明知道對方沒有談話的意思，依舊繼續說）晉升機會大概是十比一左右。以機率來說，專心投入晉升比較有勝算，放棄十比一的機會，跑去挑戰二十比一的位置，這不是很奇怪嗎？當一個人走投無路的時候，連這麼簡單的數學都不會啦？

昌熙　（專心工作）

雅凜　（看了眼昌熙，又看了眼筆記型電腦）你在打什麼？

昌熙　（蓋上筆記型電腦，猛地站起來）

55　吸菸區（白天）

昌熙的頭上冒出冉冉煙氣，十分憤怒似的，呼吸相當急促。

焦慮地抽著菸，接著平復呼吸，靜默不語。

然後像是甩手臂一樣，把香菸丟進垃圾桶。可惡。

香菸跟打火機也全部丟掉。王八蛋。就這樣呼吸急促的昌熙。

56　工廠＋工廠前（白天）

嗡……濟浩負責切斷木材，具先生則把成型的材料堆起來。

兩人都汗流浹背，氣喘如牛。

濟浩將機器停止運轉，這時才聽到手機震動的聲音。

是具先生放在一旁的手機。

具先生在工作，瞥了一眼來電號碼。

電話被掛斷，過了片刻之後，傳來訊息通知的震動音。

濟浩　　（用毛巾擦去臉上的汗珠）你去接吧。

具先生終於完成手邊工作，一邊看著手機一邊走到門口，然後
忽然停下腳步。

簡訊內容是：

「杉植說在京畿道的某個加油站看到你，這是真的嗎？」

「還說看到你開什麼貨車，到底是不是真的啊，臭小子！」

接二連三傳進來的簡訊。

「聽說白社長也看到了，王八蛋。」

具先生 ！

　　　　具先生身後，可以看到來回走動的濟浩。
　　　　他於是走出去打電話，好讓濟浩無法聽見，電話一撥出就立刻
　　　　……

賢振　　（F）看你急著打電話過來的樣子，可以確定你人就在京
　　　　畿道，對吧？你這個臭小子，人明明就在首爾附近，還
　　　　裝作自己浪跡天涯啊？

具先生（像是自言自語）我哪有裝……

賢振　　（F）杉植百分之百認出你了，遲早會去你那邊作亂。要
　　　　是被白社長找到，你就完蛋了。還不如跟他們來真的，
　　　　出奇不意反咬一口，來個先發制人啊，臭小子！！

具先生　我啊……我會處理他們。

賢振　　（F）然後呢？

具先生　但是我……現在太忙了……

賢振　　（F）你在忙什麼？

具先生　先掛了。

賢振　　（F）喂！

　　　　具先生掛斷電話，望向遠方，有點洩氣又有點落寞。
　　　　再次回到工廠，若無其事地投入工作。

233

57　蒙太奇（白天）

#美容院裡，一邊做頭髮一邊看手機的琦貞。
她創建了一個聊天群組，將「吳斗煥」和「廉昌熙」加入其中，發送訊息。

琦貞　（E）明天下午三點，地址是⋯⋯

#昌熙在公司看到訊息後，立刻退出群組。
琦貞火冒三丈，再次把昌熙加回來。

琦貞　（E，發火）我也有可能不會告白啊！要是我告白之後，覺得沒什麼大不了，你們就什麼事都不用做！你們就像保險一樣，待在我後面又會怎樣啦！要是告白被拒絕，我默默轉身離去，那有多丟臉啊！不管是摔倒還是怎樣，我一定要把它變成意外事故，才不會那麼丟人！

#斗煥看著這串訊息，昌熙又離開群組了，他只能獨自一人陷入尷尬。撓了撓頭，想說些什麼，開始打字。

58　美貞公司‧辦公室（白天）

美貞在工作，看到手機發出震動，畫面上是「斗煥哥哥」。

斗煥　（E）你知道琦貞姐姐明天要去見誰嗎？

美貞　（E，沒有多想）她跟我們公司的人有約，怎麼了？

這時，寶蘭正在志希放著「休假中」牌子的桌上找東西，美貞也一起幫忙找。這段期間，美貞桌上的手機連續收到三、四則訊息。美貞回頭看訊息，靜默地看著。

59　姊妹房間（晚上）

琦貞做完新髮型，悶悶不樂地背對美貞坐著。
似乎是某段對話的結尾，彼此都不願再開口說話。

琦貞　（倏地回頭看）你不是說不同部門嗎？又不會影響到你，你到底有什麼意見？

美貞　（就這樣不理不睬）

琦貞　（像是自言自語）你不也跟一個姓名不詳的男人混在一起……那我就連告白都不能說嗎……小心一氣之下我也叫他來崇拜我。

美貞好像不想繼續聽，轉過頭去。似乎在強迫自己冷靜下來，安靜不語，用責備的眼神看向琦貞。

美貞　好好吃一頓飯再出門吧，不要為了顯瘦，然後餓肚子出

門，到時候又餓出一身冷汗。

琦貞　……！

美貞拿著毛巾走出去，琦貞安靜地露出安心的表情。

60　　咖啡廳外景（白天）

61　　咖啡廳（白天）

桌上放著超脫樂團的唱片，泰勳看著唱片說話。

泰勳　我高中的時候，真的每天都在聽他們的歌。聽著他們的
　　　歌……好像一瞬間就把我帶到別處……很想一直沉浸在
　　　那種情緒中……所以反覆聽了又聽。（笑出來）像上癮
　　　一樣。

琦貞靜靜看著泰勳。這是她一直很想見的人。
與平時不同，更加小心翼翼，也更加緊張。

琦貞　我好像能理解那是什麼心情，我也聽了他們的歌好幾
　　　天。聽第一首歌的時候，我……心裡……有種沸騰的感
　　　覺……以前覺得這種音樂很吵，聽不進去……（投入的

眼神）有什麼東西湧上心頭，雖然不知道那是什麼，但是一直湧上來。

泰勳 　（同意）是啊，雖然不知道那是什麼。

一時無話的兩人。

琦貞 　我一直覺得認識新朋友滿神奇的。不只是那個人來到我身邊，那個人彷彿還帶著好幾個宇宙而來……就像你帶著超脫樂團這個宇宙而來。（暗中表達心意）

默默看著超脫樂隊唱片的兩人。

泰勳 　……心情好激動啊！

琦貞 　！（看向泰勳）

泰勳 　……

琦貞 　（終於！）

泰勳 　一想到回家就可以聽……心情很激動。（目光依然看著唱片）

琦貞 　……（心想：「哦……原來不是因為我……」）

這時，泰勳的手機震動，他接起電話。

泰勳 　嗯，沒有。我馬上回去。嗯。

琦貞的表情：還真的不是我想到那樣。

#從裡面可以看到，窗外有一個男人背對著店面使用手機。

那人慢慢轉向窗邊。原來是斗煥。

他一邊假裝在用手機，一邊看著琦貞那邊。

62　咖啡廳附近（白天）

昌熙看著從遠處走來的斗煥，

斗煥一眼也沒看他，逕自坐到他旁邊。

昌熙　　怎麼樣？

斗煥　　……是個標準的首爾男人，感覺就是那樣。（心情不太好
　　　　的樣子）希望姐姐不要真的去告白，感覺成功機率不是
　　　　很高，所以她才會準備這種對策，這種本人的直覺通常
　　　　都很準。

昌熙　　（不可思議的眼神）我跟你說了那麼多，就是在講這個
　　　　啊！換成別人你就明白啦？

斗煥　　……

昌熙　　啊……人類啊……

斗煥　　……

昌熙　　……（表白）她做不到啦。早知道就不來了……我竟然
　　　　乖乖聽她的話來了……

昌熙說著看向某處，嚇了一跳，趕緊起身。

兩人扮演不經意路過的樣子，騎上斗煥的摩托車。

斗煥坐在前面，昌熙坐在後面，昌熙在後座十分緊張。

昌熙　不管了⋯⋯（但還是）看一下她有沒有給訊號⋯⋯

斗煥坐在前面假裝看手機，心情也非常緊張。

〔INS. 泰勳跟琦貞打招呼。〕

泰勳　請再告訴我你哪一天比較方便。

琦貞　好，我會的。

泰勳　回家路上小心。

琦貞　好的。

泰勳　（看著唱片，正要轉身之際）

琦貞　（再次回頭）不好意思。

泰勳　（回頭）

琦貞　（OL）沒事。（再次要離去）

泰勳　？

琦貞原地轉身，反覆說「不好意思、沒事」。

泰勳看著琦貞，不明白發生什麼事，琦貞好像下定了決心。

琦貞　我這個人，沒辦法把想說的話憋在心裡，覺得自己有一
　　　天一定會說出口，所以不如就現在說吧。

239

泰勳　　？

琦貞　　（為了消除尷尬而大笑幾聲）你想不想談戀愛？

泰勳　　？

琦貞　　跟我。

泰勳　　！

琦貞　　如果談戀愛讓你覺得壓力太大，就當作約會吧？

泰勳　　呃……呃……你應該不是在捉弄我吧？

琦貞　　你沒有想過這個問題嗎？你應該多少有一點感覺吧！

泰勳　　啊……（我的天啊，真的不知道）

琦貞　　（非常意外）你真的沒想過嗎？（笑容開始顫抖）我都這
　　　　樣對你笑了？我一直這樣笑耶！（怎麼可能不知道？）

泰勳　　啊……對不起，真的很抱歉，啊……（手中捧著的唱片
　　　　映入眼簾，心情變得非常愧疚）

琦貞　　原來你不知道啊，你一定很不知所措吧，沒關係，是我
　　　　會錯意了，但還是想說出來。真的沒關係。你回去吧，
　　　　路上小心。我也要走了。

　　　　琦貞一轉身就露出傷心欲絕的表情。
　　　　在另一邊的昌熙一眼都不敢看，
　　　　只有坐在前座的斗煥緊張地瞥了一眼，想要確認有沒有訊號。
　　　　從走過來的琦貞表情看來，告白沒有成功！
　　　　泰勳露出驚慌失措的表情，看著漸漸走遠的琦貞，不知道該如
　　　　何是好。

這時，琦貞把肩上的包包放下來，換到另一邊的肩膀。

琦貞這樣換肩膀揹的動作看起來就像是慢動作。

斗煥　　是訊號……

聽到這句話，心情複雜的昌熙低下頭……

這時，摩托車開始向前衝。

琦貞強忍著淚水走過來。

摩托車與琦貞的距離逐漸縮小，就在雙方擦身時，昌熙伸手一

拍，畫面跳轉。

63　　村莊一隅（晚上）

美貞在村莊裡走來走去，看公車是否來了。

這時，她看見從遠處駛來的公車。

社區公車停在公車站，打著石膏（左手）的琦貞下車，

表情木然，咯噔咯噔地往家的方向走去。

她壓抑著心中的傷感，咯噔咯噔地走著，

對站在路中間的美貞視而不見，就這樣走過去。

美貞默默跟在琦貞後面。

琦貞和昌熙不斷靠近，雙方的身影重疊，昌熙推了一把琦貞的肩膀，

琦貞的肩包帶勾住了昌熙的手，肩包帶的力量拉著琦貞向後轉了一圈，讓她以華麗的姿勢摔到一處角落！！

摩托車在前面停下。緊張回頭的昌熙和斗煥。

琦貞雙手撐著地面，雙腿開展，轉身坐著不動。

「現在應該要暈倒才對，快點躺下來啊！」以這種心情看著琦貞的昌熙和斗煥。

泰勳嚇了一跳，趕快跑過去！

琦貞因悲傷而啜泣，苦惱著該如何是好。

不知道該怎麼跌倒，將上半身稍微壓低了一點。

昌熙從摩托車下來，急忙對著琦貞說：

昌熙　（靠近，低聲）快暈倒……（瞥了一眼朝這裡跑來的泰勳，眼看泰勳就快抵達，著急地說）快點暈倒啦……（輕輕推了一下琦貞）

泰勳跑過來問「沒事吧？」的同時，琦貞立刻站了起來。

泰勳嚇了一跳，昌熙和斗煥也嚇了一跳，琦貞瞬間抓住左手腕，發出一聲呻吟。

她沒控制好疼痛的表情，整張臉都扭曲在一起，快要流淚的樣子。

泰勳　沒事嗎？讓我看看，哪裡受傷……手？手腕？

琦貞　不用了，沒關係。

琦貞握著自己的手腕，手忙腳亂地離去。

斗煥　（瞬間）姐姐！！（呼喚）

聽到這句大喊，泰勳看向斗煥和昌熙！斗煥沒有理會泰勳，只
是靜止不動。
沒辦法了，昌熙只能看著泰勳。就這樣遠遠看著的兩人。

65　姊妹房間（晚上）

琦貞放下包包，用單手換衣服，默默掉著眼淚，抽出衛生紙擤
鼻涕。美貞一聲不吭地收拾琦貞亂丟的東西。慧淑站在房門
口，靜靜地看著琦貞。

慧淑　（大聲）你在哪裡摔倒的？

琦貞　（發脾氣）當然是在路上摔倒，不然還能在哪裡？

琦貞想用單手脫衣服，但並不容易。就在她惱火之際，美貞上
前幫忙。

慧淑　……（氣氛不太對勁）那你怎麼哭了？

琦貞　……（發脾氣）當然是因為痛才哭啊！

慧淑覺得事情不太對勁，但也覺得不要再追問，轉身離去。

琦貞又去抽衛生紙來擦拭眼淚和鼻涕。

美貞也趕緊擦乾莫名跟著流出的眼淚。

66　斗煥咖啡廳前（晚上）

斗煥騎著摩托車慢慢駛進咖啡廳。

從後座下來的昌熙摘下安全帽，哎唷喂……走到平床旁躺下。汗水浸濕了頭髮，疲倦讓他只能躺著發呆，旁邊的斗煥也走過來躺下，頭髮也被汗水浸濕，累得發呆。

茫然呆滯的兩人眼前，是一片星星滿布的夜空。

呆滯地看著，斗煥突然笑起來，轉身側躺，昌熙也噗哧一聲笑出來。然後，兩人一起咯咯笑。

兩人倒在平床上，累得不停大笑……

67　姊妹房間（晚上）

琦貞躺在床上，用涼被蓋住整個腦袋。

被子就這樣靜止不動，時不時傳出抽泣聲。

68　村莊外景（白天）

69　斗煥咖啡廳前（白天）

昌熙、斗煥、政勳以及賢雅圍著桌子喝酒，不知道是否在確認有沒有雨滴下來，伸手看著天空，說：「嗯？下雨了耶？快走吧。」

眾人再次看向酒水和食物，氣氛有點沉重。

政勳　……她傷得很重？

賢雅　……聽說沒有骨折，只是有一點裂開。

政勳　哪隻手？

賢雅　……左手。

政勳　……幸好是左手啊……（看著昌熙）你應該先練習一下再行動吧。

昌熙　我只是輕輕推一下，真的，誰知道肩包帶會勾住啊？

斗煥　我還想說昌熙真的很愛他姊姊，真的想讓她暈倒……

昌熙　廉琦貞本來就很擅長好萊塢動作演技，從小就那樣，每次跟她吵架的時候，我只是輕輕打她一下，她就會自己表演吐血身亡，所以我完全不擔心她的演技。是她自己說的，要我輕輕推一下，後面她會自己摔倒，我也相信了啊！（喝一口酒）失憶症是什麼鬼啦……丟臉就丟臉啊……人類的歷史本來就是一堆丟臉的事跡，從出生的

那一刻起就開始丟人現眼了，連出生都是全裸。

全體　（眾人會心一笑）

政勳　美貞人呢？

賢雅　跟男朋友出去了，真想看看她男朋友。

斗煥　他長得很帥。

賢雅　我不是想看那個。聽說（你們）連那個人的名字都不知
　　　道？我啊，看過不少男人嘛，所以只要讓我看一眼，那
　　　個男人從小是怎樣的人，都騙不了我的。

政勳　好可怕，你到底跟多少男人交往過才能達到那種境界？

賢雅　人類本來就是來自同一顆種子，只要跟一個人深度交往
　　　過，就不用再繼續學習了。

政勳　同一顆種子嗎？

賢雅　嗯，同一顆種子。

政勳　喂，他（斗煥）跟我能是同一顆種子嗎？（似乎不服氣）

賢雅　都是同一顆種子啦。就算你想要相信彼此不一樣，還是
　　　同一顆種子。自卑感、優越感、自戀、自我厭惡……都
　　　只是程度上的差異，每個人都擁有一樣的東西。大家都
　　　有的，我遇到的所有男人都一樣。

　　　這時，政勳看向某處，停下手上的動作。

　　　琦貞正走過來，面無表情，一隻手打著石膏。

政勳　（小聲）姐姐來了……

全體　（看向那邊）

看到琦貞靠近，政勳立刻鼓掌歡呼。

政勳　　姐姐好帥啊！

斗煥趕緊倒了一杯啤酒遞給琦貞，琦貞喝了一口。

期間，昌熙偷偷瞥了一眼琦貞的表情。

琦貞　　你（賢雅）來這裡幹嘛？

賢雅　　我是來看美貞男朋友的，結果被他跑掉了。

琦貞　　你不是來看我的嗎？

賢雅　　也有啦。

琦貞　　真抱歉，我比想像中好多了。（喝一口酒）

賢雅　　那就當作你沒事囉。你只是跟男人表白，還打了石膏而已。

琦貞　　（有點哽咽）

昌熙　　（看著琦貞）怎麼啦？不是說要暈倒，假裝不記得嗎？

琦貞　　……

昌熙　　哎，演戲也不是誰都會。

琦貞　　（不滿）我當時都已經坐下了，要怎麼暈倒啊？王八蛋！

昌熙　　（說什麼啊？）

琦貞　　我啊，沒想到運動神經還不錯。那個瞬間，我真的覺得自己會受傷，所以才用手撐地。我的手自己伸出去，這該死的反射神經。（再次爆發不滿）連落地都這麼完美，要我怎麼暈倒啊？

247

昌熙　（看了一眼）哎唷……哎唷……跟著你追到那裡的我才
　　　是傻瓜。（喝一口酒）

琦貞　我覺得現在的自己無所不能，即使到了這個年紀，也還
　　　在成長。（想要替自己加油）我又克服了一種恐懼！沒什
　　　麼大不了的！

　　　話雖這麼說，難過又突然湧上心頭，眼角也開始泛淚，琦貞趕
　　　緊擦乾眼淚。

琦貞　（握拳）我可以克服！！

斗煥　（跟著一起吃喝）你可以克服！

琦貞　（像是要找回氣勢）都是因為你！因為你！

斗煥　（逃跑）嘿嘿！

　　　斗煥逃跑的路線上，有個物體在陽光下曬著，他想要將之移到
　　　陰涼處，但不容易。昌熙和政勳上前幫忙，期間只剩下琦貞和
　　　賢雅兩個人。
　　　賢雅看著琦貞微微抽泣的臉龐。

賢雅　……幸好，你的狀態比我想像中好多了。

琦貞　……有一段時間我都沒辦法好好睡覺，心裡很煩……現
　　　在沒那樣了，好像又活過來了……（深呼吸）好舒服
　　　……早知道就快點告白了。

琦貞顫抖地吐出一口氣息，放眼望向遠方，瞬間發出「喔！」
的一聲。

靜止下來的琦貞臉龐，

往那邊一看，原來是出現了一道彩虹。

琦貞　……是彩虹！

聽到這句話，賢雅也看向那處。

賢雅　喔，是彩虹耶！

男人遲遲才看向彩虹。喔！

眾人靜靜看著，「好久沒看到彩虹了……」說著這些話。

拍照的政勳和斗煥。

這時，昌熙的手機震動起來。

在靜靜地看著彩虹的人群中，靜靜地往下看著手機的昌熙。

然後收起手機，再次看向彩虹的昌熙臉龐。

〔INS. 剛才的手機畫面：雖然您擁有優秀的能力，但是經過有限的
人員選拔，無法讓您加入商品開發組，我們對此感到惋惜……〕

昌熙　（看著彩虹）廉昌熙升職吧！！

70　熙善店門前＋斗煥咖啡廳前（白天）

#宥林從泰勳停下的車子裡率先下車，進到店裡，
泰勳正準備跟著走進去，但是看到某處後停下腳步！是彩虹。

泰勳　（趕緊）宥林！曹宥林！

本來想讓宥林一起來看彩虹，但是宥林一點反應都沒有，泰勳
只好一個人看。
#斗煥咖啡廳前，正在看彩虹的琦貞。

琦貞　（E）為什麼我又……想要拍照了？（有些哽咽，無法放
棄的心情）

#靜靜看著彩虹的泰勳，以及抬起超過頭頂的手機鏡頭，咔
嚓。
再次看向彩虹的泰勳。

71　寺廟（白天）

靜默地欣賞彩虹的具先生和美貞。

將兩人的樣子拉遠來看，地點是照片裡年幼的美貞坐過的那個走廊。

畫面裡露出匾額，可見是同一處。

美貞　我偶爾會出現一種想法，不管是三歲的時候……七歲的時候……十九歲的時候……我想要坐在幼年時期的你身邊，靜靜地陪在你身邊……

具先生　……！

美貞　……

具先生　現在已經做到了呢。

美貞　？

具先生　如果我可以活到九十歲，現在也還是小時候。

美貞　……！（啊……確實如此……）

似乎正舒適地釋放某種心情的兩人。

在這個能靜靜地看著彩虹的地方。

演員訪談

「昌熙應該是劇裡最普通的人吧？」

李瞖起

（飾　廉昌熙）

很多人對廉昌熙的評價是，雖然剛開始都表現出搞笑的一面，但隨著劇情推進，廉昌熙的劇情愈發令人心酸，以至於後來有許多觀眾都對廉昌熙產生強烈的情感投射。此外，來自許多觀眾的感想，大部分演員在拍攝結束後，說完「辛苦了」就會抽離角色，立刻回歸到演員本身，但是李瞖起演員在拍攝結束後，似乎仍然以廉昌熙的身分在行動。這麼看來，他就像是真實存在的人物。廉昌熙究竟是個什麼樣的人呢？演員李瞖起與廉昌熙又有什麼相似之處呢？

　　昌熙應該是劇裡最普通的人吧？如果去觀察這個角色的每個面向，無論拿誰來比較，都會有一定程度的相似，或者說，他就像我們周圍能看到的那種普通人。
一開始我覺得這個角色跟我不一樣，但是隨著集數推進，在拍攝的過程中，我漸漸覺得彼此越來越像。不知道是那個樣子就是原本的我，還是在飾演昌熙的時候變得越來越像。

昌熙不斷透過語言來表達自身對世俗的欲望與實際處境的相互背離，要消化這些長台詞，很辛苦吧？

並非如此。我希望觀眾在聽到時，會覺得這些長台詞不像台詞，而是昌熙親口說出來的話。

如果讓你選擇經典場景或台詞，是什麼呢？

本劇有非常多堪稱經典的場景與台詞，我無法只選出一個。拍攝的時候，我覺得琦貞姊姊的台詞很有趣，非常喜歡。例如：「我還是比較適合生在朝鮮時代。如果跟我說『從今天開始，這個人就是你的另一半』，那我就會說『好的，我會瘋狂愛你』，感覺這樣生活也可以活得很好。在這個必須挑選對象的時代，對我來說太艱難了。」這樣的台詞。我喜歡的場景是歲月流逝後，昌熙在首爾便利商店裡登場的模樣，我很喜歡那個場景。雖然無法用明確的言語說明，但是可以從中感受到歲月的重量與痕跡。

拍完這部作品之後，您本身有發生什麼變化嗎？

好像沒什麼特別的變化。講一個題外話，劇集播出之後，有一些與忠實觀眾見面的機會。我有時候會覺得，這些觀眾比我更熱愛這部作品及昌熙，每次都讓我心生感謝。

當你需要解放自己的時候，會做什麼事呢？

我最近會去爬山。爬山真的很舒壓。不久前認識的人問我，是不是因為演了昌熙才去爬山？又問我是不是要回去山上才去爬山？有這樣有趣的小插曲。

非常感謝。很高興能與大家分享作品中的許多感情。祝福
各位永遠健康幸福。

李啟起

劇照

Essential 42

我的出走日記 2
朴海英 劇本書

나의 해방일지 대본집 2

作者　　　朴海英 박해영

譯者　　　莫莉、郭宸瑋、黃寶嬋

書封設計　張添威

內文排版　立全排版

主編　　　詹修蘋

行銷企劃　黃蕾玲、陳彥廷

版權負責　李家騏

副總編輯　梁心愉

初版一刷　2024 年 9 月 2 日

套書定價　新台幣 1400 元

出版　新經典圖文傳播有限公司

發行人　葉美瑤

地址　臺北市中正區重慶南路一段 57 號 11 樓之 4

電話　886-2-2331-1830　傳真　886-2-2331-1831

讀者服務信箱　thinkingdomtw@gmail.com

總經銷　高寶書版集團

地址　臺北市內湖區洲子街 88 號 3 樓

電話　886-2-2799-2788　傳真　886-2-2799-0909

海外總經銷　時報文化出版企業股份有限公司

地址　桃園市龜山區萬壽路二段 351 號

電話　886-2-2306-6842　傳真　886-2-2304-9301

國家圖書館出版品預行編目 (CIP) 資料

我的出走日記：朴海英劇本書 / 朴海英作；莫莉，
郭宸瑋，黃寶嬋譯 . -- 初版 . -- 臺北市：新經典圖
文傳播有限公司, 2024.09
第 2 冊；14 x 20.5 公分 . -- (Essential；42)
譯自：나의 해방일지 대본집
ISBN 978-626-7421-38-3 (全套：平裝)

862.55　　　　　　　　　　　113010649

This book is published with the support of the Literature Translation Institute of Korea (LTI Korea).